言ノ葉のツルギ

佐木呉羽

SAKI Kureha

登場人物

柳楽涼介（なぎらりょうすけ）
誰もが認めるイケメンの中学二年生。父方が代々、井戸守りを託された家系。父親や叔父の志生と同じく、「視（み）える」能力がある。弓道部に所属。

御堂志生（みどうゆきたか）
涼介が幼い頃から、なにかと頼りになる叔父。涼介のよき理解者。

栗原律（くりはらりつ）
謎多き天才呪術師。思わず見とれてしまうほどの美人。

小野柄佑奈（おのえゆうな）
真面目で思いやりがあり、友達思い。弓道部員。

梶間弥生（かじまやよい）
明るい性格でリーダーシップがある。弓道部員。

野口雄大（のぐちゆうだい）
幼稚園の頃からの腐れ縁で涼介の親友。絶賛彼女募集中。

プロローグ

——や～い、嘘つきぃ

——そんなのいないよ～

——だって、ほかの人には見えてないもん

——見えてるヤツと遊んだら取り憑かれるぞ

——もう一緒に遊んじゃダメだかんな

「逃げろ～！」と笑いながら、みんなが走り去って行く。一方的に浴びせられた言葉がショックで足が竦み、待って！　と追いかけることができない。

小学校一年生だった柳楽涼介は、悔しさと悲しさで胸が押し潰されそうになっていた。

ただ、自分が見えているモノを正直に話しただけなのに。信じてもらえない。仲良しの友達だと思っていた同級生達が発した言葉は、鋭い切れ味を誇る剣のように涼介の心を突き刺し、深くえぐって傷跡を残した。

自分達の見ている世界のほうが正しい。自分達は絶対に間違っていない。ただ一人、お前だけが違う。涼介だけが変なんだ。そんな独断と偏見、思い込みによって振りかざされ、正義感という大義名分のもとに発せられた言葉は凶器と同じ。

言葉は、物理的にではなく、精神に傷を負わせることのできる武器になる。

否定されることは、苦しくてつらいし嫌だ。仲間外れにされたくない。だから涼介は、自分の見えている世界を他人に話すことをやめた。涼介にとっての普通の世界は、誰にとっても同じではなく、普通ではないのだと理解したから。

涼介の目に映るのは、草木と戯れる小さな人の姿をしたモノ。土の中から現れる有象無象。宙を漂う滑稽な格好をした異形達。生きている人間達に干渉するモノや、俯瞰（ふかん）するモノ。在り方はそれぞれだけど、それらは確かに存在していて、意思を持って行動しているモノ達だっている。

これらの存在を肯定し、涼介と同じ世界を見てくれていたのは、叔父である御堂志生（みどうゆきたか）だった。

いつも和服を身にまとっている志生は、涼介の父親よりも確実に若いのに、年齢不詳に見える風貌だ。鼈甲縁（べっこうぶち）のメガネのせいか、すべてを見透かすような眼差しのせいか。顔は整っていて、イケメンの部類に含まれていると思う。老け顔というよりは、童顔に見える。二十代後半から三十代半ばで、外見の時間が止まっているのかもしれない。ある意味では志生も、妖（あやかし）達と同じく、涼介にとっては得体の知れない存在だった。

そんな志生と顔を合わせるのは、広い庭に、柵と注連縄（しめなわ）で囲まれた井戸のある古びた日本家屋。志生は今日もサラリと着物を着流し、仲間外れにされて目を真っ赤にしている涼介と、二人並んで縁側に腰を下ろしていた。叔父と甥の間には、ガラスコップに入っている冷たい麦茶と求肥の和菓子。わざわざ用意をしてくれているのに、涼介は手を伸ばす気になれないでいた。

「なぁ、涼介」と、耳に心地いい落ち着いた声音で志生が名を呼ぶ。

なに？　と答えたいのに、一向に収まらない嗚咽と、止まらない涙のせいで言葉が出ない。自分が見えている世界を否定されたこともだけれど、仲間外れにされたことのほうが、かなり大きなダメージとなって尾を引いている。

「お前は、言霊（ことだま）という存在を知るといい」

耳慣れない言葉に、涼介はグスンと鼻を啜りながら叔父の顔を見上げた。志生は目を細め、柔らかな微笑を浮かべている。

「言霊というのは、この日本という国に、古くからある考え方だ。言葉には、魂が宿る。魂が宿るということは、言葉が力を持つということだ」

「言葉に、力……？」

問い返せば、そうだ、と志生は頷く。

「今お前は、負の言霊に支配されている。負の言葉が力を持ち、お前に呪いをかけているんだ。なら、それを跳ね除けてやればいい。受け取らなければいい。涼介の心を蝕む言葉に、打ち勝つ言魂を僕が発しよう」

志生は涼介の頭にポンと手を乗せた。

「涼介には、理解者がいる。同じ世界を見ている僕がいる。独りじゃない。変じゃない。嘘つきじゃない。心配することは、なにもない。大丈夫だ」

癒しの周波数を発しているのか、志生の声は、殺伐としていた心に優しく沁み渡る。独りじゃない、変じゃない、という言葉が力強く感じられ、嘘つきと罵られて仲間外れにされた寂しさと悲しさ、悔しさが少しずつ和らいでいく。

志生も、涼介と同じ。同じ世界を見ている人がいるのなら、変なのは自分だけではない。仲間がいると思えたら、不思議と安心できた。

——言葉には力が、魂が宿る。

信頼している志生が言うのだから、そうなのだろう。

(もしかしたら……いつか、もっと実感できる日が来るかもしれない)

涼介は、言葉に魂が宿るという思想を忘れまいと、幼心に深く刻み込んだ。

一

中学校の、校舎の隣に広がるグラウンド。二百メートルのトラックを中央に、一対のサッカーゴールが設置され、敷地の角を利用して野球のベースが配置されている。

そんなグラウンドの邪魔にならない一角、といえば語弊があるが、中学校の敷地と道路を区切るフェンス沿いに、小さな弓道場が建てられていた。

同じ武道であるにもかかわらず、剣道部や柔道部が活動をする武道館とは離れた場所に位置しており、校舎の三階から見下ろすと、小さなプレハブ小屋のようにも見える。とても小ぢんまりとしていて、ギリギリ五人立ちができるくらいの大きさしかない。野球部やサッカー部、ソフトボール部の球が転がり込んでは危ないから、二十八メートルの近的矢道と的場、射場と矢取道に沿って、簡易的なフェンスで囲まれていた。部室棟からも離れており、さながらグラウンドの孤城だ。

涼介が所属し、部長を務める弓道部は、この場所で部活動を行っている。

ソメイヨシノが花びらの雨を降らす頃。抜けるように爽やかな空は、柔らかな春の日差しに満ちていた。春眠暁を覚えずという言葉のとおりに惰眠を貪りたいけれど、春休み中も部活があるから、学校には通わなければならない。

朝の九時から活動を開始し、終わりを間近に控えた十一時半頃。部員総出で、芝生のように草が生い茂る矢道の中に落ちてしまった矢――掃き矢を捜していた。

矢は射損じると、矢道の芝生の中に滑り込んでしまうことがある。並縫いをしている針のように、放たれた矢は芝生の草をくぐり抜けながら矢道を進んで行くため、上から眺めただけでは見つけにくい。目を凝らし、草の合間から見えるシャフト部分か、矢羽根を見つけ出さねばならないのだ。しかし毎回、どの的に向かって立っていたのか判然としていて、捜索範囲も限られているのに、これがなかなか見つけだせない。

今も、かれこれ数十分……。矢を放った位置から的までの一直線を等間隔にエリア分けして、全員で懸命な捜索に当たっていた。

的が並ぶ安土や矢道に人が入っている時は、危険だから矢を放つことができない決まりだ。だから、道場を利用する人達のことを考えれば、自分一人だけでちまちまと捜すよりも、人海戦術で一斉に捜したほうが効率的だったりする。

人海戦術と言ってみたものの、今日の参加者は涼介と、女子部長の梶間弥生（かじまやよい）、捜索している矢の持ち主である小野柄佑奈（おのえゆうな）の三人だけ。

涼介の上の学年は部員がおらず、下の学年はまだ入学していないから、今所属している弓道部員は新しく二年生になる涼介達の代しかいなかった。男子は、涼介を含めて三人。女子は五人。しかも春休み中は、ただでさえ少ない人数なのに、塾の短期講習を優先させて休んでいる部員がほぼ半分。

高校の弓道部は人気もあって人数も多いらしいのだが、涼介の通う中学校では、そこまで人気がなかったみたいだ。

「どうしよう、見つからない……」

佑奈は、時間に追われている焦りから、涙目になってきている。今日は大事な約束があるから、十一時には帰ると言っていたのだ。それなのに、予定していた時間を三十分近くオーバーしてしまっている。

「いいよ、佑奈。私と涼介君で捜しとくから、早く行きな」

時間を心配した弥生が、必死になって捜し続けている佑奈の肩に手を置いた。佑奈は弥生の手を握り、フルフルと頭を横に振る。

「ダメだよ。二人に迷惑かけられない」

「なに言ってんの！　こんな時は、お互いさまよ」

でも……と、なおも渋る佑奈を送りだすべく、涼介は弥生を援護することにした。

「梶間さんの言うとおりにしなよ」

「柳楽君……」

涼介が声をかけると、佑奈の顔が赤くなる。

泣きそうな顔を見られて恥ずかしいのか、それとも別の理由からか。涼介としては特に興味がないから、どちらでもいい事柄だった。

「卒業した先輩達がいたら、見つけられずに帰るわけにはいかなかっただろうけど……今は俺と梶間さんだけだし、頼ってもらってかまわないよ。時間に遅れるほうが、約束してる相手への迷惑になってしまうんだろ？」

「そうだよ、佑奈！　ここは甘えるべきよ」

涼介と弥生の説得に、佑奈は心が揺らぎ始めているみたいだ。ソワソワと、出入口のほうに意識が向き始めた。

「十一時に帰るって言ってたけど、本当のリミットは何時？　余裕を持って十一時だったの？」

淡々と事実確認をする涼介に、佑奈は声を上ずらせながら答える。

「一度、家に帰って着替えてから目的地に向かおうと思ってたの……。直接行くなら、リミットは十二時前かな？」

「だったら……とりあえず、見つけたらすぐに出られるように、先に道具を片付けて着替えだけでもしてきなよ。そのほうが、少しでも心に余裕ができるからさ」

涼介の提案に、そうだよ！　と弥生も便乗してきた。

「佑奈が帰る準備してる間に、私と涼介君で捜索を続けとくから、任せて！」

葛藤していた佑奈は、どうやら心を決めたみたいだ。ウン、と頷いたかと思えば、勢いよく頭を下げた。

「ありがとう！　それじゃ、お言葉に甘えて……」

「そうそう、甘えちゃえ！　ほら、急いで」

弥生に背中を押され、佑奈は走りだす。矢道を出て、射場に繋がる短い階段を駆け上り、サンダルを脱いで射場を斜めに横切る。出入口に辿り着くと、作法のとおり、正面に向かって一礼してから踵を返した。

佑奈の背中を見送る涼介の視界の端に、チラッと黒い影が揺れる。気になって目を向けると、矢道の緑が映える中に、黒いモヤがかかっている一画があった。ジッと目を凝らせば、そこにいるのは怪しい動きをしている小さな妖。

小人サイズの妖達が、矢道の芝生の中に、捜していた佑奈の矢を押し込んでいるところだった。

(あんなことして、なにしたいんだろ……)

妖達の目的が、サッパリ分からない。人間の持ち物を蒐集でもしているのだろうか。

弥生に声をかけず、涼介は一人で黒いモヤがかかっている妖達の元へ向かう。ジ〜ッと眺めていたら視線を察知したのか、妖達は動きを止めて涼介を振り向き見た。

『なんだ、お前！』

『まさか、視(み)えているのか？』

『チッ！　なんと面倒な』

耳障りなキシキシとした声で『早く押し込め！』『そっちこそ、差し込む角度が悪い！』と互いに指示を出し合い、やいのやいのと蜂の巣をつついたような慌てぶり。巨人に見下ろされた小人のように、右往左往している。

たしか……こういう小さな存在は、たいして害はなかったはずだ。

弥生の動向を確認すると、涼介に背を向けて真剣に矢を捜している。もし弥生がこちらを向いたとしても、矢だけを発見したように振る舞えば、それでやり過ごせるだろう。無表情を決め込み、妖達が押し込んでいた佑奈の矢に手を伸ばす。

『こら、やめろ！』

『ワシらの戦利品を横取りするな！』

矢に触れる涼介の指を外そうと、妖達は躍起になる。

『このぉ！　離せ！』

『持ってくなー！』

ポコポコと叩かれ、爪を立てて引っ掻かれ、ガジガジと噛みつかれた。

なんでこんなに必死なのか、涼介には全く理解できない。ヒョイと拾い上げ、土の汚れを払うふうを装って、手にぶら下がる妖達をパッパと振り払った。

あー！　ぎゃー！　と、落ちていく妖達。そんな妖達の末路を確認することなく、一生懸命、矢道を舐めるように睨んでいる弥生を呼んだ。

「梶間さーん！　あったよ～」

「え！　ホント？」

弥生はパッと顔を上げ、涼介の元へ駆けて来る。

涼介が手にしている佑奈の矢を目にし、両手を上げて「やったー！」と叫んだ。

「あ～もーやったぁ！　すごいね、涼介君！」

どこにあったの？　と、涼介の捜索範囲になっていた周辺をキョロキョロと見回した。何十分と粘って、やっと見つけたのだ。正解の場所が知りたい、という気持ちも理解できる。あの辺り、と涼介は、いまだに妖達が抗議を続けている一画を指差した。

「は～……私も、一応は見たと思ったんだけどなぁ」

ちぇーと不満に唇を尖らせ、心の底から残念そうな弥生は、足先で芝生の草を薙ぐように蹴り払う。

「私が見つけたかったのに、なんか悔しい」

弥生の視線に、敵対心が込められているような気がするのは気のせいか。

涼介は「まぁまぁ」と弥生をなだめ、見つかったんだからいいじゃん、と釈明しながら、射場に戻るべく歩き始めた。

「それは、そうだけどさ～。宝探ししてて負けた気分なんだよね～」

弥生は、不満タラタラだ。煩わしさを溜め息に混ぜて吐き出すと、面倒くさいという感情に蓋をする。標準装備となった微笑の仮面を被り、拗ねている弥生に向き直った。

「ほら、梶間さんから渡してあげて」

「え、いいの？　なんか、手柄を横取りするみたいで悪いんだけど……」

申し訳ないな～と言いつつ、嬉しそうな弥生の手は、涼介が持つ佑奈の矢に伸びる。

「はい、どうぞ」

「ありがと！」

言うが早いか、弥生は佑奈の矢を手にし、涼介に背中を向けて走っていった。

涼介も階段を上って射場に戻ると、正面に一礼して踵を返す。時計に目を向ければ、佑奈のタイムリミットまで、まだ少し余裕がある。しかし、涼介が佑奈にしてあげられることは、もうなにもない。

自分の練習を再開するべく、正座をして、矢を射るために必要な弽(ゆがけ)を丁寧に装着してギリ粉をつけた。そして矢を四本持つと、立てかけていた弓を手にし、執(と)り弓の姿勢をとって射場へと足を向ける。

目指すは、さっき妖達がいた的の前。

本座に立って射位まで進むと、自分が使う矢の幅くらいになるように、広げた足の位置を調整した。弓の先を射位に預けるように置き、手中にあった四本ある矢のうち、二本を矢先が射位と揃うように意識して置く。手中に残る二本の矢を握り直しながら、矢を番（つが）える所作に移行した。

　弦に矢筈を嵌め、矢に歪みが生じていないか、弦が切れそうになっていないかなど、状態を目視で確認する。そして的の位置を確認し、弽の親指の付け根に作られている出っ張りに弦をクッと引っかけた。

　左手で手の内を作り、的に顔を向ける。大木を抱（いだ）くように、円相を描く両腕。腕の円相をキープしたまま呼吸を意識して弓を打起し、左肘を伸ばして手の内をキュッと締めた。連動させるように弦を引っかけている右の肘をクンッと軽く引き上げ、床と矢の平行を意識しながら、左右均等にゆっくりと引き分けていく。口割りに矢が触れる位置で、涼介はピタリと静止した。

　縦と横、体が十文字に引っ張られるように、伸び合いを意識する。的を狙い、気を満たし、ビシッと矢が放たれた。

　シュパンッと矢が通れば、矢道に漂っていた黒いモヤが霧散する。パァンッと、的に矢が刺さる心地よい音。弦の音には、魔を祓う力があるらしい。あの妖達は、浄化されたのか、逃げたのか。分からないけれど、この場からいなくなってくれたのだから、それでいい。

残心を取り、ゆっくり弓倒しをすると、正面に顔を戻す。続いて乙矢を番えていると、佑奈が遠慮気味に涼介を呼んだ。出入口に顔を向けると、制服に着替え、瞳を潤ませた佑奈が立っていた。

「ありがとう、柳楽君」

（わざわざ礼を言うために、残された貴重な時間を使わなくてもいいのに……）

本当は大声を出してはならないのだが、律儀な佑奈に応えるべく、涼介は射場から声を張り上げた。

「どういたしまして！　ほら、大事な約束なんだろ？　早く帰りなよ」

「うん、うん！　ありがとう。ごめんね、先に帰るね」

佑奈はバタバタと、慌ただしく弓道場をあとにする。佑奈の背中を見送っていると、弥生が戻ってきた。手には、佑奈の矢が持たれたまま。

きっと、時間を惜しんで、代わりに片付けを申し出たのだろう。

矢が見つかったことがそんなに嬉しいのか、弥生は鼻歌を歌いながら、上機嫌で佑奈の矢を矢筒の中にしまっていた。

佑奈は一心不乱に自転車を走らせ、目的地であるチェーン店のファミリーレストランに向かっていた。

途中で信号に引っかかると、イライラが募る。早く速やかに進みたい時ほど、赤信号に引っかかってしまうのはなぜだろう。

（あ～もー！　きっと、もう着いちゃってるよね……）

リュックにつけている、小ぶりの懐中時計に手を伸ばす。

大型ショッピングモールの中にテナントで入っている雑貨屋を覗いた時に、可愛くてひと目惚れしてしまった懐中時計。アンティークな色合いのチェーンがついていて、首からペンダントみたいにかけられるようになっている。だから懐中時計の大きさも、ペンダントトップみたいに、親指の爪よりひと回りくらい大きいサイズだ。

蓋もアンティーク調の風合いで、耳をピンと立てたウサギと、三つ葉のクローバーを連想させる小さなカギが立体的に取り付けられている。そして花や星が、花冠を模してグルリと切り絵のように切り抜かれ、蓋の輪郭を華やかに飾っていた。蓋の上部についているリューズ部分は王冠のようにも見え、どことなく不思議の国のアリスや、親指姫をイメージさせてくれるデザインだ。

この懐中時計は、弥生とお揃い。友達の印として、一緒に購入した代物だった。

信号が赤のうちに、リューズ部分を押して懐中時計の蓋を開け、時計の針の位置を確認する。

（最悪……）

もう、約束の時間は過ぎてしまった。気持ちばかりが焦る。

パチンと懐中時計の蓋を閉じ、信号が青になったことを確認して、自転車のペダルを思いきり踏み込んだ。

風を切るが如く自転車を疾走させて、目的地のファミリーレストランに到着した。ファミリーレストランの駐輪場に自転車を停め、急いで自転車カゴに入れていたリュックを背負う。学校指定で強制的に購入させられた自転車用の白いヘルメットを脱ぐと、乱暴に自転車カゴの中に投げ入れた。

自動ドアをくぐれば、入店を知らせる電子音が鳴る。席をグルリと見渡し、目的の人物を見つけだした。席に向かおうと足を踏み出せば、案内のために現れたスタッフが、通せんぼをするように立ちはだかる。

「いらっしゃいませ。何名様ですか？」

「えっと、もう……座ってて」

言葉が足らなかったけれど、声をかけてくれたスタッフは、連れがいると判断してくれたみたいだ。「どうぞ」と、先を促すように手で示してくれた。

軽く会釈をして、佑奈は目的のテーブルまで小走りになる。ガシャガシャと、リュックの中でペンケースとルーズリーフ、水筒がぶつかり合う。音が気になり、小走りから早歩きに、足の運びを切り替えた。

席の近くまでやってくると、スマートフォンに意識を向けていた待ち人も、佑奈に気づいたようだ。よっ！　と手を挙げ、笑みを浮かべてくれた。

「っお父さん！　はぁ……っ、ごめんね、遅くなって」

「なぁに、大丈夫だ。ドリンクバー頼んでるから、スマホのゲームしながら待ってたよ。もう水腹だけどな」

ハハッと笑いながら、父は飲みかけのグラスをピンと人差し指で弾く。

やることがなくて暇だったのか、約束の時間よりもかなり早く来ていたのだろう。テーブルに置かれているコーヒーカップとグラスの数が、待っていた時間の長さを彷彿とさせた。

佑奈は「ごめんね」と再度謝りながら、背負っていたリュックを椅子に置き、離れて暮らす父と向かい合うように座る。

今日は、月に一度の面会日。佑奈が八歳の時に両親は離婚し、父とはこうやって、月に一回だけ父娘の時間を過ごすことになっていた。

父はスマートフォンをテーブルの脇に置き、メニュー表に手を伸ばす。

「でも、佑奈が約束の時間に遅れるなんて、珍しいから心配したよ」

「ちょっと、部活で……」

説明しようとする佑奈の言葉を「えっ！」と大きな声で遮り、まさか……と父は神妙な表情を浮かべた。

「誰かに、イジメられた？」

ひそめられた父の声が、佑奈の背筋を冷たくする。

「ち、違う、違うよ！」

父が変な誤解を妄想して怒りださないように、佑奈は即座に否定した。

この父に、あらぬ誤解を生じさせてはならない。離婚原因の中に、怒ると手がつけられなくなるから、という理由が含まれていたことは、しっかり覚えている。幼いながらに、そういう父の姿は認識していたし、父と言い合いになったあとで涙を流す母の姿が目に焼きついていて、今でも忘れられないでいる。でも、佑奈には優しい対応をしてくれていた。佑奈に対しては怒ったこともなければ、暴言を吐いたこともない。

ただの、一度を除けば。

この一度が、両親の分岐点になってしまった。

佑奈のせいで、親族や友人達の前で永遠の愛を誓い合った夫婦は、別れを選択しなければならなくなったのだ。

でも、遅かれ早かれ、こうなっていたのだろう……とは、思う。

きっかけが佑奈だった。ただ、それだけのこと。

一緒に暮らす母は、愛情たっぷりに育ててくれているし、父と共に同じ家で過ごしていた時よりもイキイキしている。だから、母にとっては、きっと今が幸せなのだ。

父のほうはといえば、養育費も毎月きちんと払ってくれているし、面会日には思いきり甘やかしてくれる。スイッチが入らなければ、基本的にはいい人なのだ。

佑奈は父のスイッチを入れないために、遅くなった理由を口早に説明する。

「矢道に矢を落としちゃって、なかなか一人じゃ見つけだせなかったの。一緒に部活してた人達に助けてもらって見つかったんだから、感謝こそすれ、怒るのはお門違いよ」

「なんだ、そっか。俺は、てっきり……」

父は安堵の笑みを浮かべ、早とちりしたことをごまかすように、人差し指で頬を掻いた。

「親切にしてもらったんなら、いいんだよ。よかったな」

父のスイッチが入る前に、説得が成功したみたいだ。ホッと胸を撫で下ろしながら、佑奈は「うん」と笑みを浮かべる。

「連絡手段がなかったから、ごめんね。心配かけちゃったよね」

日にちと時間の約束をしたあとは、個人的に連絡をする手段が佑奈にはない。でも、それは中学生だから仕方がないと思っている。

　近頃は防犯のために、小学生や小さい子供に向けた見守りケータイなどと称される商品もあった。けれど、それを持つかどうかは、各家庭の判断だ。機種代や通信費用だってバカにはならない。だから佑奈は高校生になった頃、格安の物を持てれば御の字だ、くらいの認識と感覚でいた。

　愛娘の話を聞きながら、父は何度もウンウンと頷いている。

「そうだよ。連絡手段がないって、不便なんだよ」

だからな、と父は手にしていたメニュー表を傍らに置き、ボディバッグから茶封筒を取り出してテーブルの上に置いた。

「これ、用意してきたんだ。見てみろよ」

なんだろう？　と疑問に思いながら茶封筒を手に取り、中身を確認する。

「えっ！　これ……」

　驚きに目をパチパチと瞬かせ、信じられない！　といった面持ちで、父に顔を向けた。佑奈の反応が想像どおりだったからか、父はニヤニヤとした笑みを浮かべ、とても上機嫌で満足そうだ。

「それ、お父さんとの連絡用にあげる」

　茶封筒を傾けて中身をスライドさせ、出てきた物を手の平で受け止める。姿を現したのは、憧れていたスマートフォン。

「こないだ、スマホ新しくしたんだよ。そしたら、古い機種オマケでもらえてさ。格安の契約だけど、ギガ数とか気にしなくてもいいプラン選んだんだ。な？　お父さんとの連絡用として、このスマホは佑奈が持っててよ」

「えー……え～！　すごっ！」

自分でも、感激して瞳がキラキラしているのが分かる。

父からの提案を拒否する理由はない。なにより、自分専用のスマートフォンは憧れの品。願ってもない、ありがたい提案だ。

「でも……私、まだ中学生だよ？　いいの？」

「え、なんで？　ダメなの？　学校で禁止されてる？」

「いや、多分……持ち込んだらダメだけど……」

きっと、見守りケータイと同じ。各家庭に判断は任されているはずだ、と思いたい。

「だったら、見つからないように持っとけ。カバンに忍ばせといて、お父さんと連絡する時にだけ使えばいいんだよ。今日みたいに遅れる時なんか、メッセージ送れたら心配しなくていいだろ？」

父の言い分には、一理ある。

今日は運よく、到着した時に父の機嫌がよかったから事なきを得たものの、不機嫌だった可能性も十分あった。今日が大丈夫だったから、また次も大丈夫であるとは言い難い。ここは、父の提案を素直に受け入れたほうが賢い選択だろう。

「連絡は、どのメッセージアプリを使ったらいいの？」

前向きな質問をすると、父は嬉しそうに身を乗り出してきた。

「まずはアプリのストアで検索すんだ。インストールして、早速設定しちゃおうや」

「あ、でも……先に注文したいな」

朝から部活動をして、今に至る。空腹で、お腹と背中が引っついてしまいそうだ。

「ＯＫ！　なに食べたい？　遠慮せずに頼んで！」

父からメニュー表を手渡され、ワクワクしながら表紙をめくる。オムライス、ハンバーグ、パスタにステーキ、ドリアも美味しそうだ。期間限定の料理やスイーツも捨て難い。

「どれにしようかな～」

あれもこれもと、目移りしてしまう。

ふと、父からもらったスマートフォンが、視界に入る。

（私だけの、スマホ……）

離婚して別々に暮らしている父との連絡用、という名目で、初めて手にした自分だけのスマートフォン。

自分専用という特別な響きに、佑奈の心は躍っていた。

二

使っていた的を片付け、安土も竹箒とコテで整えて、射場にもシャッターを閉めて鍵をかけた。職員室に弓道場の鍵も返したから、これで家路につける。

涼介が職員室から出てドアを閉めると、廊下で待っていた弥生がおもむろに呟いた。

「佑奈……間に合ったかな？」

心配そうな弥生に、どうだろうなぁ、と曖昧に答える。連絡手段がないから、また明日の部活で会った時にでも聞くしかないだろう。

涼介は廊下の端に放置していた通学用のリュックを取り、右肩に担いだ。

「じゃ、梶間さん。また明日」

「あれ？　一緒に帰らないの？」

「ん？　うん」

どうして、約束もしていないのに、弥生は一緒に帰るものだと思っていたのだろう。

弥生は目をパチクリとさせ、正気ですか？　という雰囲気を漂わせている。まるで、涼介のほうが判断を間違えているとでも言わんばかりだ。

でも、そう易々と、雰囲気に流されるような涼介ではない。

「俺、図書室に寄って帰るから」

じゃあね、と告げて、なんの躊躇いもなく弥生に背中を向けた。図書室があるのは二階。急いで向かうべく、足早に階段を目指す。

「りょ――ねっ！」

背後で弥生がなにか言っていたが、端々しか聞き取れなかった。気のせいだったと、このまま聞き流してしまおうか。でも一応、なんと言ったのか確認をしたほうがいいのかもしれない、と考え直す。無視をされたと機嫌を損ねられたら、明日からの部活動に支障が出る可能性も否定できない。それはそれで面倒だ。

窓の外を見るフリをしながら、肩越しに背後を確認する。すると、すでに弥生は、涼介とは反対側の廊下の角を曲がったところだった。

なにを言われたのか少し気になるけれど、涼介の反応がなくても帰っていったのだから、大事な用件というわけでもなかったのだろう。

煩わしさから解放された気分になり、図書室へと向かう涼介の足は、羽が生えたようにとても軽くなった。

夏休みでもないのに、春休みの宿題の中に読書感想文があった。国語教師の、どんな気まぐれなんだろう……と呪ったけれど、成績に響くのはごめんだ。だから、読書感想文用の本を探しに図書室へ寄ったけれど、これが読みたい！　という情熱を向けられる本とは出会えなかった。

そもそも、普段から活字の本に夢中というわけでもない。朝の十分間だけ設けられている朝読書の時間に、仕方なく読んでいる程度。いろんなジャンルを幅広く読んでいるわけでもないし、もともと読書に対する意欲も低いほうだ。

仕方なく、図書室便りで紹介されていたオススメのノンフィクションを借りてきた。スポーツ選手の自伝だから、ノンフィクションというよりもエッセイ的な要素が強そうだ。ページ数も少ないし、一度だけ読んで、あとは自分の経験と絡めた出来事や今後の目標を書けば、四百字詰め原稿用紙のマスも埋まるだろう。

空を見上げれば、さっきまで清々しい晴れた空だったのに、いつの間にか薄い灰色の雲がベールのように広がっている。

「……なんか、嫌な感じだなぁ」

校門を出て、いつもの通学路を歩く。なんの変哲もない、普通の道。それなのに違和感を覚えるのは、霧吹きで水をかけたように、アスファルトが濡れ始めたせいか。

小雨（こさめ）というよりは、霧雨だろう。季節は春だから、春時雨といった表現がピッタリかもしれない。

（部活中に降んなくてよかった……）

弓道場の射場と的場に屋根はあるけれど、基本的に弓道は屋外競技だと思っている。夏は暑いし、冬は寒い。風向きによっては雨や雪が吹き込んでくるし、風が強い日は、もちろん風に煽られる。だから、弓道をする時の天気は、もちろん晴れがいい。もしくは、曇りだ。

ふと、学ランの表面に、いくつもの細かな水滴がついていることに気づく。

(もしかして、結構降ってるのかな？)

傘を差すか差さないか、しばし悩む。

傘を開いてみても、雨粒がパラパラと当たる感触はないだろうし……かといって、このまま傘を差さずに歩いていると、髪の毛がしっとり濡れてくるだろう。

背負っているリュックの生地が雨水を吸収し、筆記用具やルーズリーフと共に入っている図書室で借りた本が濡れては困ると思い至る。慌ててリュックを下ろし、奥底に追いやっている折り畳み傘を取り出すことにした。

不意に薄暗かった空は明るくなり、にわかに陽の光が差し込む。

「お、天気雨に変わった……？」

もしかしたら、虹が出るかもしれない。立ち止まってグルリと空を眺めるも、目的の物は見つけられなかった。

残念に思いながら、傘を取り出そうと下を向く。

（あれ？）

涼介は、目を疑った。

地面は舗装されたアスファルトのはずだ。でも今、涼介が立っている地面は、土。

（なんで……？）

涼介は焦りを覚え、傘を出さずにリュックを背負い直すと、注意深く周囲に視線を巡らせた。

いつの間にか、濃さを増した灰色の厚い雲が、空の八割近くを占拠している。太陽の姿は見えず、全体的に薄暗い。雲間から覗く青空は、どこか遠慮気味で居心地が悪そうだ。

突然、ポツリ……ポツリと街灯が灯るように、青白い火の玉が浮かんでいく。

「えっ、なんだよ……これッ」

人魂か、鬼火か、狐火か。

目を凝らすけれど、判然としない。人ならざる存在を視る体質である涼介だが、それ相応の修行をしていないから、適切な判断が下せないでいた。

青白い火の玉は夜道を照らす提灯のように、道に沿ってどんどん数を増やしていく。

警戒心を強める涼介の耳元で、シャランと金属質な音が鳴った。

刹那、視界が奪われる。

『怪しいヤツめ！』

　突然聞こえてきた怒声と共に、涼介は地面に押しつけられた。軸足を払われてうつ伏せに倒れ、ドンッと衝撃が体を突き抜ける。受け身が取れず、一瞬息が詰まった。

　理由が分からず混乱している頭でも、押しつけられた地面の冷たさは理解する。細かな砂利が与えてくる、地味で不愉快な痛み。体温が奪われ、じんわり伝わる土の冷たさ。背負っているリュック越しに背中を押さえつけているのは、交差させた二本の長い棒。力の加わり具合から、二人がかりで押さえつけられていると判断した。

　さらに状況を確認しようと身動ぎすれば、押さえつけられる力はより強くなる。それでも、とにかく今の事態を把握しなければ。

　懸命に体を捻って顔を持ち上げると、間近に迫る狐顔。突然、視界に飛び込んできた異形の姿に、腹の底から悲鳴を上げた。

「う、うわぁあああっ！　き、狐～ッ！」

『うるさい！』

　ゴッと頭に鈍い衝撃が加わる。殴られた後頭部と、地面に打ちつけた額。図らずも、二度痛い。理不尽な痛さに、涙が滲んできた。

　どこからともなくヒソヒソと、囁き声が耳に届く。

（ほかにもいる……）

周囲に視線を走らせると、じんわり涙が浮かぶ目に映るのは、不安と警戒心を前面に出す狐達。狐達の瞳には、畏怖の念と軽蔑の色が宿っている。

平穏な日常の中に迷い込んだ異物を見る目。その眼差しは、歩行者天国で刃物を振り回す危険人物に向けられているモノみたいだ。

狐達は人間のように二本足で立ち、大名行列に駆り出されている人みたいな装束を身につけている狐もいる。誰かを涼介から庇うように壁となっている狐達は、紋付袴に、黒留袖。間から、角隠しを被る白い着物姿の花嫁が見え隠れした。

「狐の、嫁入り行列……だ」

昔から、天気雨の日には、狐が嫁入りすると言うらしい。にわかに信じ難いけれど、そうと納得せざるを得ないこの状況。

なぜそんな行列に紛れ込んでしまったのか、冷静に状況の分析をしろと、涼介は自分に言い聞かせた。


涼介は体を押さえつけられたまま、砂利の地面を睨みつけている。

人語を操る狐で、しかも二足歩行をしているのだから、原野に生息するような狐ではなく妖だろう。ということは、涼介がいた世界ではない可能性が高い。

それは、つまり……ここは人間の住む世界ではなく、妖達の住む世界である、ということ。経験上、人間ではなく、妖達が住まう世界があるということは知っている。そこは人の世界と隣り合わせであるというよりも、複雑に入り乱れているような、とても不安定な境界で区切られた世界。画像編集ソフトのレイヤーみたいに、違う世界が重なり合って、互いに影響し合っている。

波動とタイミングが合致して、意図せず、たまたま、偶発的に境界をまたいで入り込んでしまうことがあるらしい。昔で言うところの、神隠し。

涼介も神隠しに遭うのは、これが初めての経験だ。

（困った。なんとかして帰らなきゃなのに、方法が分からない）

それよりなにより、涼介の動きを封じ込めている武術を嗜んでいそうな二匹の狐から、どうやって逃げればいいのだろう。虚をついて走りだしても、獣の足の速さでは、すぐに追いつかれてしまうことが目に見えている。

（あぁ、誰か助けて……）

心の中で助けを呼ぶ涼介の頭に浮かんだのは、鼈甲縁のメガネをかけて胡散臭い笑みを浮かべる叔父――御堂志生と、黒髪短髪ナイスバディのクール系美女――栗原律だった。

志生は、人ならざる存在が原因となる事柄によって困っている人達と、それに対処する術を身につけている人達を結びつける仲介業のような仕事もしている。その得意先の一人が、呪術師を名乗る律だった。

幼い頃から修行させられていると言っていたけれど、独自でもいろいろと技術を習得しているらしい。だからだろうか、実力は志生の折り紙付き。

性格はちょっとアレなところがあるけれど、助けてと念を送れば、それを察知してしまうのではと思えるくらいに、とても頼りになる存在だ。

涼介も、律の実力には絶大な信頼を寄せている。ピンチを救うヒーローのように、タイミングよく来てはくれないだろうか。

ザリッと、砂利を踏みつける音がする。顔を上げれば、紋付袴の狐が目の前に立っていた。服装からして、きっと花嫁の父親だろう。鼻頭にはシワが寄り、怒りに唇がめくれ、握り締めている拳もワナワナと震えている。

『お前が、禍（わざわい）か？』

「へ？」

いきなり禍と言われても、なんのことだか見当もつかない。戸惑う涼介にはおかまいなしで、花嫁の父は涼介の胸倉を掴んだ。

『今日の嫁入り……占いによれば、禍が紛れるとあった。娘の心を惑わす禍が現れると！』

お前がそうか！　と詰め寄られるも、涼介は答えようがない。

『今日という日取りは変更ができなかったから、なにが来てもいいように、腕利きの用心棒を雇ったのだ。なにを目論んでいるのか知らないが、早々に諦めて、この場を立ち去れ！』

父親狐の鼻息は荒い。きっと父親狐の頭の中では、涼介が、花嫁である娘の心を惑わす禍——悪党なのだろう。

迷惑な思い込みもはなはだしい。

涼介は詳しい状況を把握しようと、改めて周囲に視線を巡らせた。

花嫁行列の参列者と思われる、親族の狐が数匹。手伝いで参列していると思われる狐も数匹。それに勝る護衛の狐が十数匹。白無垢姿の花嫁の隣には、大事な娘を守るように、母親だと思われる黒留袖の狐が寄り添っている。

ほんの一瞬、白無垢の花嫁と視線が交わった。

「……ッ！」

涼介は、慌てて顔を背ける。よからぬモノに魅入られてしまった時と同じ感覚が、全身を駆け抜けたからだ。

(ヤバい。なんか……これ、ヤバいぞ)

危機感を覚えた涼介の耳に、戻りなさい！　という女性の声が届く。ザリ……ザリ……と、静かな足取りで近づいてくる音。父親狐も足音に気がついたようで、誰が来たのかと確認するべく、意識をそちらに向けた。

足音の主は、獲物を見つけたように嬉しそうな笑みを浮かべた白無垢の狐。

父親狐は胸倉を掴んでいた涼介を慌てて捨て置くと、急ぎ娘の元へ駆け寄った。

『おい、お前はこれから嫁入りだ！　行列に戻れ。大事な婿殿が待っているんだぞッ』

『だからこそ、です』

花嫁の狐は冷たく言い放ち、キッと父親狐を睨む。

『父様方が勝手にまとめてきた縁談だもの。嫁ぐ前に、ただ顔が見てみたいという、最後のワガママくらい聞いてくださってもよいでしょう』

引き戻そうとする母を振り払い、目の前に立ちはだかる父を押し退けて、本日の主役である花嫁が涼介の前にやってくる。白無垢と角隠しを身につけた花嫁狐は、涼介の顔を見ると、ハッと大きく目を見開いた。

『人間の、子供か？　歳は、いくつになる？』

答えないほうが、いいのだろう。涼介が目を逸らすと、花嫁狐は涼介の前に膝を突いて座り、涼介の両頬を挟んで強引に顔を向けさせた。

『答えるのじゃ』

涼介は拒否の意味を込め、フイッと視線を外す。

個人的な情報を与えてはダメだ。なにも告げず、なにも答えず、やり過ごそうと無視を決め込む。

花嫁狐は鼻をクンッと動かし、ニヤリと口角を上げた。

『いい匂いがする……』

興奮するように、花嫁狐の鼻息が荒くなる。ゾワリとした悪寒が走った。

『私好みの、魂の匂い』

恍惚とした表情を浮かべる花嫁狐の顔が、徐々に距離を縮めてくる。目を閉じて顔を背けるも、頬に生暖かくザラリとした感触が伝わってきた。

（うわっ、舐められた）

一度のみならず、二度、三度と繰り返される。そして、尖ったモノで挟まれる感触が頬に伝わった。挟まれた頬に、グッと加わる力。頬に食い込んでいく鋭い痛みで、頬を噛まれているのだと、やっと認識する。

頬を食いちぎられるなんて、真っ平ごめんだ。でも、今ここで動いてしまっては、自分で自分の肉を噛み切らせてしまうようなもの。ピクリとも動かず、じっと耐えた。

頬を挟まれていた感触がなくなる。生暖かい息がハァァとかかり、唾液に濡れた部分がヒヤリとした。頬に添えられていた手からも解放され、涼介は詰めていた息を吐く。目を開けて様子を窺うと、花嫁狐は涼介に背を向け、父親と対峙していた。

『父様、決めました。私、やはり嫁には参りません！』

『なっ、なにを言いだす！　そんな人間にかまわず、早く先を急ぐのだ』

そうだそうだ！　早く行ってしまえ、と涼介も心の中で父親狐を援護する。しかし応援も空しく、花嫁狐は角隠しを脱ぎ捨てた。

『父様が決めた相手と、結婚はせぬ！　私は、この人間と一緒になるのじゃ』

はぁ？　という涼介の間の抜けた声と、はあッ？　という父親狐の戸惑う声が重なる。

「そんな、一方的に……困るよ！」

『そうだ！　人間なんぞに嫁入りするなど、許さんからな』

涼介と父親狐が望む方向は同じ。なんとしても、今か今かと花嫁狐の到着を待っているであろう婿になる狐のところへ、この花嫁狐を連行しなければ。

『イヤじゃ。私は、あの男の元へは嫁がぬ。この人間の、この男がいい』

『なんで、そんな気に……』

父親狐は頭を抱え、母親狐は両手で顔を覆っている。両親の胸に去来している嘆きと絶望が、涼介にまで伝わってきた。

花嫁狐は再び涼介の前に屈むと、涼介の顎に手を添えて無理やり顔を上げさせ、瞳を覗き込む。花嫁狐の目から逃れられない。金縛りにあったみたいに、全身の筋肉が硬直してしまう。ジワジワと口の中に溜まる唾液。全神経を集中させて、ゴクリと生唾を飲み込んだ。

花嫁狐が、口を開く。

『そなたの魂を独占したい。その子は、私の大事な小間使いなんだから』

「あらダメよ。その子は、私の大事な小間使いなんだから」

どこからともなく響く、凛とした声。なにもない空間がスッと切り裂かれた。切り裂かれた隙間から、上品な印象のマットなネイルで彩られた指先が現れる。徐々に伸びてくる手に巻かれているのは、水晶の数珠。カッという効果音が聞こえてきそうな勢いと角度でスラリと長い足が伸び、黒光りするパンプスが地面を踏みつける。

ゆったりとした白いニットに、ピッチリと足にフィットしたジーンズのパンツスタイル。くびれた腰を魅力的に際立たせるウエストポーチ。ランウェイの中央でポーズを決めるファッションモデルのように、涼介が絶大な信頼を寄せている女呪術師が登場した。

涼介の顔には、自然と安堵の笑みが浮かぶ。爆発寸前な喜びの感情。

嬉しさから律の名を叫びそうになり、慌てて口をつぐんだ。妖に名を知られるのは、避けたほうがいいと聞いたことがあったから。涼介が律の名を呼んで、狐達に律の名を知られてしまっては、なにか不都合が生じてしまうかもしれない。もし、そうなった場合、涼介に責任を取ることなど無理だ。

「よくできました」と言わんばかりに、切れ長の目をわずかに細め、赤い薔薇のような色の紅を引いた唇が緩やかな弧を描く。

涼介とは対照的に、その場に居合わせた狐達は、突然現れた律に驚き戸惑っている。護衛の狐達はハッと我に返ると、すぐさま手にしていた長い棒を構え直した。

『何者だ！　名を名乗れッ』

護衛の狐達の後ろに隠れた父親狐が、律に向かって大きな声を出す。律はくびれた腰に手を当て、ふふっと微笑を浮かべた。

「天才呪術師、とだけ伝えておくわ」

律の答えに、父親狐はハンッと鼻で笑う。

『なにが天才呪術師だ。バカバカしい。おい、さっさと女も取り押さえろ！　これ以上、行列を遅らせるわけにはいかん』

父親狐の指示に従い、護衛の狐達が律に棒を向けて取り囲む。

『おとなしくしてりゃ、怪我はしないぜ』

「怪我をするのは、どちらかしら？」

律の安い挑発に、なんだとォ！　と、狐達がいきり立つ。

「言ったでしょ？　天才呪術師だって」

律は両手を組んで印を結び、真言を繰り返し唱え始める。途端に、狐達の動きがピタリと止まった。手早くウエストポーチから呪符を取り出し、スタタタンッと目にも止まらぬ速さで、硬直している狐達に貼り付けていく。今度は合掌をして口早に経を唱え、水晶の数珠を擦り合わせてジャッと鳴らした。すると、護衛の狐達が手にしていた棒が、カランカラン……と地面に落下する。

涼介はポカンと口を開け、目の前の光景に息を呑んだ。二足歩行していた護衛の狐達が、普通の、四足歩行をする獣の狐に戻ってしまったから。

「すげぇ……」

父親狐は腰を抜かし、その場にヘタリと座り込む。花嫁狐は律を睨みつけ、涼介にだけ聞こえる小さな声で、邪魔じゃのぉ……と呟いた。スックと立ち上がり、律に向き直る。

『貴女は、この人間のなに？』

花嫁狐からの問いに、律は小首を傾げた。

「なに？　って……保護者代理、かしら？」

まぁ、そんな感じかもしれない。この場合の保護者は、叔父である志生を指すのだろう。

『保護者代理だと言うのならば、代わりに許しを与えよ』

花嫁狐は、逃げるタイミングを窺っていた涼介をギュッと抱き寄せる。

『この人間、私に頂戴？』

「お断り」

即答した律に、諦めの悪い花嫁狐は食い下がった。

『なんでダメなの？　私にとって、この人間は唯一なのに』

「貴女、人の話を理解できないような育て方をされたのかしら？」

『まさか、むしろ逆じゃ。言うことを聞きすぎる、いい子ちゃんよ。だから……これが私の、初めてで最大のワガママ』

「残念ながら、そのワガママを叶えてあげることはできないわ」

『なぜ？』

まだ引き下がらない花嫁狐に、父親狐は頭を抱える。律は眉間に手を当て、怒りを堪えるように盛大な溜め息をついた。そして、キッと父親狐を睨みつけ、ビシッと人差し指を突きつける。

「子の教育が、なってないんじゃないの！」

『なっ……』

突然に話の矛先を向けられた父親狐は、かなり面食らったのだろう。言葉が出てこず、口をパクパクさせている。もう、父親狐の威厳は、完璧に消滅してしまったようだ。この場の主導権は間もなく、花嫁狐か律の、どちらかが掌握するだろう。

「そんで？　アンタは、いつまで抱き締められたままでいるつもりなのよ。さっさとこっちに来なさい」

「や……だって、そっちに行きたいのは山々なんだけど」

花嫁狐の抱き締める力は思いのほか強く、絞め技を決められているみたいに、容易に抜け出ることができない。

「もぅ……仕方ないわね」

律はウエストポーチから、一枚の人形（ひとがた）と筆ペンを取り出した。水晶の数珠を二重にして左手に持ち直し、サラサラと筆ペンで人形に文字を記す。使い終えた筆ペンをウエストポーチの中にしまい、人形を隠すように両手の平で挟むと、微かに聞き取れる声量で何事か呪文を唱え始めた。

涼介に、律の鋭い視線が飛んでくる。

「用意はいいわね」

なにが起きるのか分からないけれど、涼介は思いきり頷いた。

律が人形を操作すれば、同じように涼介の体が動きだす。

『あっ……！』

スルリと花嫁狐の腕から抜け出し、独りでに足が律の元へと向かっていく。律の元へ辿り着いた涼介の額に、律は指先で手早くなにかを書き印した。

「これでよしっと……それじゃ、失礼するわ」

『あっ、ま、待つのじゃ！』

「お邪魔さま〜」

花嫁狐の静止など気にも留めず、水晶の数珠を両手で挟んで擦り合わせ、ひと際大きくジャッと鳴らす。刹那、閃光が走り、涼介は思わず目を閉じた。しばらくすると、目蓋越しに感じていた光が消える。

慎重に目蓋を持ち上げてみると、眼前には、いつもの見慣れた通学路が広がっていた。

元の、人間の世界に戻ってきた。

もう大丈夫だと認識し、体中に安堵が広がっていく。安心する気持ちに比例して、足から力が抜けていった。ガクンと膝から崩れ、ドシャッと尻もちをつく。

「ちょっとぉ、大丈夫？」

「あ……ははは。安心したら、気が抜けちゃった」

涼介は泣き顔とも笑みとも受け取れる、緩みきっただらしのない表情を律に向けた。

腕を組んで涼介を見下ろしていた律は、呆れを隠そうともしない。

「まったく……。アンタの体質にも、困ったもんね」

「ごめん。来てくれて、ありがとう……。でも、なんで俺の居場所が分かったの？」

どこかに、ＧＰＳの発信器でも付けられているのだろうか。

ムッとした律は、眉間にクッキリとシワを刻む。

「ちょっとぉ、私を誰だと思ってるの？」

「えっと……天才、呪術師……です」

「そういうこと」

律は満足そうな笑みを浮かべ、あ！　と涼介に人差し指を突きつける。

「ちなみに、これ貸しだからね。なんか奢りなさいよ」

「えっ、そんなぁ！」

自己収入のない中学生に集らないでほしい。

「術を駆使して連れ帰ってあげたんだから、それくらい見返りあってもよくない？」

「俺に提供できるものなんて、労働力くらいしかないっす」

連れ帰ってもらったことに、感謝はしている。律が来てくれなければ、本当に今頃は、どうなっていただろう。荷物持ちでもなんでも、できることならやってやろうじゃないか。

「労働力ねぇ……。じゃあ、さっそくお願いしようかしら」

「さっそく？　なに手伝わせる気？」

「それは、着いてからの～お楽しみぃ」

律から晴れやかな笑みを向けられ、涼介には悪寒が走る。

（はてさて……。いったい、なにを手伝わされることになるのやら）

諦めの境地に達している涼介は、なにが起きても驚かぬよう、密かに心構えをしておくことにした。空を見上げれば、涼介が妖の世界へ迷い込む前に比べて、暗い雲よりも青空の比率が増している。それでもまだ、細かな雨が降り続いていた。

（そういや、なんだったんだろ？）

ふと花嫁狐の言葉を思い出し、涼介は、自分の匂いを嗅いでみる。

花嫁狐は、いい匂いがする、と言っていたけれど……学ランからは、いつも使っている消臭スプレーのシャボンが香るだけだった。


藺草（いぐさ）の香りが、とても落ち着く。涼介は座布団を枕にして、畳にうつ伏せに寝転がり、四肢を放り出して生ける屍と化していた。

庭から差し込む午後三時の陽光を障子が和らげ、風に揺れる庭木の葉がユラユラと影を落とす。このまま意識を手放し、眠りの世界に旅立ってしまいたいくらいだ。

「なによ、荷物持ちしただけでバテすぎじゃない？」

襖を開け、バニラとパリパリチョコが織り交ざっているアイスバーを口にくわえた律が入ってくる。八畳間の中央に置かれている座卓の周りをグルリと回り、わざわざ涼介の枕元にまでやってくると、長い足を伸ばして座布団の上に腰を下ろした。

涼介は頭だけ動かして律に顔を向け、ぶうたれた表情になる。

「いや、いくらなんでも……重たい物を持たせすぎっていうかさ」

律に連行されたのは、酒屋だった。なんでも儀式に使うからと、大量の酒瓶を軽トラックの荷台まで運ばされ、また軽トラックの荷台から志生のところにある納屋にまで移動させられたのだ。

普段は使わない部分の筋肉を酷使したせいで、身体が悲鳴を上げている。特に悲惨なのは両手の平。握力が限界を迎えたらしく、感覚がまるでない。もし今、腕相撲の勝負なんか持ちかけられたら、負けが確実だ。

「目的地が志生君のところだったんだから、アンタにとっては都合がよかったたじゃない」

「それは、そうだけど……」

元から部活帰りに、志生のところに寄るつもりではいた。でもまさか、途中であんなことに巻き込まれてしまうなんて、誰にも予測などできまい。今回みたいに突然、妖の世界に入り込んでしまうのは、初めての経験だった。

しかも、なぜか理由も分からぬまま、嫁入り行列の最中だった新婦に見初められてしまうというハプニング。災難という以外に、なんと言えるだろう。

「困ったなぁ」

何事もなく、これで終わってくれればいいのだが。

「アンタも難儀な体質よね。いったい、誰に似たんだか」

誰に似たのか、というのなら、それは父方の家系に由来するのだろう。母には、人ならざる存在は視えていない。でも、父は視えている。そして、叔父である志生もだ。

「涼介の体質は、ウチの家系でしょうね」

ジンジャーエールが入っているガラスコップと、人数分の丸いコースターを載せた盆を手にし、襖を開けて部屋に入ってきた着流し姿の志生が、律と涼介の会話に加わった。

「志生君の家系ってことは、やっぱり御堂の家ね」

「そうです。先祖代々井戸守りを託されている家系なので、それなりに力はありますよ」

涼介は身体を引きずり、軟体動物のように座卓にすがりつきながら身体を持ち上げる。

「つーかさァ、その……井戸守り？　って、具体的になにしてんの？　井戸って、あの……庭にある井戸だよね」

　木製の丸いコースターとジンジャーエールが入ったガラスコップをそれぞれの前に置きながら、志生は「そうだよ」と肯定した。

「あの井戸は、室町の頃から存在しているって、教えたことあったっけ？」

「え！　そんな古いの？　全然、知らなかった。誰も教えてくんなかったし」

　この屋敷の敷地内にある庭の井戸は、木の柵で四方を囲われており、さらには注連縄が巻かれている。庭に下りて井戸の近くまで行ったことはあるけれど、注連縄のせいなのか、井戸そのものが放つ雰囲気なのか。あまり長居をしたくない場所だった。だから、細部をしっかりと見たことは、ほぼない。木の柵の内側にある井戸が、どんな形状をしているのか。今でも水を張っているのか。涼介は全く知らなかった。

「古い井戸だとは思ってたけど、まさか五百年近く前から存在してたとは……」

「平安時代から残り続けている井戸だってあるんだ。なにも不思議じゃないさ」

　なんてことはないと言いながら、志生は涼介と律の向かい側に座り、ガラスコップを持ち上げて静かに口をつける。座卓の下に足を放り出して座り直した涼介も、握力の限界を迎えて自由に動かしにくい両手で、ガラスコップを包み込むように掴んで持ち上げた。ガラスコップの縁（ふち）に顔を近づけると、小さな気泡がプチプチと跳ね、顔にミストがかかったように気持ちがいい。よく冷えた液体を口の中に流し込めば、スッ痛かった。

キリとした生姜の香りとシロップの甘味、そして口内でパチパチと爆ぜる炭酸が少し

　ガラスコップをコースターの上に戻し、志生は井戸の説明を続ける。

「あの井戸は、徳のある修験者が造ったとされていて、それこそ霊験あらたかだと伝わっている。それで、その筋の人達に悪用されるようなことがあっては困るから、代々御堂の家が管理しているんだよ」

　なぜ、御堂の家が井戸の管理を任されるようになったのか。

　その理由は気になるけれど、涼介にも御堂家の血は入っているが、柳楽の家の人間だ。どこまで聞いていいのか、判断に困る。立ち入ったことを聞かないように、井戸の話題は、ここいらで切り上げたほうがいいのかもしれない。

　話題を変えようと涼介が口を開くよりも、志生がボヤキを口にするほうが早かった。

「本来は、涼介のお父さんが井戸守りをする予定だったんだけどね。義姉さんに惚れて婿に入ってしまったから……」

着物の袖に手を突っ込んで腕を組み、猫みたいに背中を丸くする。

「あぁ、なんか聞いたことがある」

　大恋愛の末、結ばれた二人であると。父が酒で酔うたびに聞かされている惚気話だ。

「まぁ、涼介は修行をしていないので、使いものにはならないいんですけどね」

使いものにならない、という評価が、地味に涼介の心を抉る。少し不機嫌になりながらも、志生に問うた。

「修行って、父さんや叔父さんは、今もしてんの？」

日常の父を思い返してみても、それらしきことをしている様子は、まるでない。

「兄さんは……どうかな？　今は知らないけど、昔はしてたよ」

「ふ〜ん」

どんな修行をしていたのか、少し気になる。その修行とやらで、人ならざる存在の影響を軽減できるのであれば、涼介もやってみたほうがいいのかもしれない。

でもさぁ、と律が呟く。

「そんだけ力のある血筋なんだったら、涼介を今のままにしとくって、危ないんじゃない？」

アイスバーを食べ終え、木の棒に残っているバニラアイスを赤い舌で舐め取りながら、たいして興味がなさそうに律は続ける。

「あの女狐。これで引き下がったと思えないのよね」

「ちょっと律さん。嫌なこと言わないでよ」

花嫁狐の生暖かい息と舌の感触、甘噛みされた頬の感覚がリアルに蘇ってきた。記憶と感触を拭い去るように、手の平でゴシゴシと頬を擦る。けれど、擦れば擦るほど、余計リアルに思い起こされてしまった。気持ちが悪い。

「叔父さ〜ん……律さ〜ん……」

力なく二人を呼ぶと、志生も律も、視線だけを涼介に向けてくる。なにも言葉を発することなく、涼介が話し始めるのを待ってくれていた。

「あのさ、なにか……対処法って、ないの？」

「なにに対する対処法？」

具体的にどれを指すのか知りたい律に、涼介は「あ〜……」と考えを巡らせる。

（なにって、なんだろう……？）

妖達の世界に入り込まない術(すべ)を身につけるとか、あの花嫁狐から身を守る手段なのか。とりあえず、今の状況から救われるのなら、なんでもよかった。専門家である律や志生からのアドバイスであれば、この際なんでも実践してみるつもりでいる。それくらい、またあの花嫁狐に迫られるのが怖かった。

「これ、つけてみる？」

これって？　と視線を向ければ、志生の手の平に乗っているのは天然石の数珠。深く濃い紺色に、金粉を散らしたような石だ。

「ラピスラズリ。瑠璃とも呼ばれている石を連ねた数珠だよ」

涼介はゆっくりと手を伸ばし、ラピスラズリの数珠に触れる。途端に、ラピスラズリの色が薄くなってしまった。

「えっ！　なに、これ？　なんで？」

志生と律は「あ〜ぁ……」と残念な存在を見るように、憐みの眼差しを涼介に向けている。

「え、なに？　ちょっと、二人してやめてよ！　その反応ッ」

嫌な予感しかしない。

「悪いのに影響されている人間が身につけると、ラピスラズリの色は薄くなるんだ」

「その影響が回避できたら、また色は元に戻る……。一種のバロメーターみたいな感じ、って認識かしら」

志生と律の話が本当なら、今の涼介は悪いのに影響を受けまくっている、ということ。誰に……とは、聞かなくても想像がつく。絶対に、あの花嫁狐に違いない。

「マぁジかよーッ！　いったい、どうすりゃいいんだ」

座卓に突っ伏し、絶望に頭を抱える。

「とりあえず、それをつけておきなさい。ないよりはマシだろう」

「そうよ。なんたって、それはこの律さんが渾身のご祈祷をしてあげた数珠なんだからね。入魂と祈祷の料金は志生君からしっかりもらってるし、アンタはありがたく受け取ればいいの！」

志生からの提案と、律からの激励に、涼介は目をパチクリとさせた。

「え……？　ってことは、もともとこれ……俺のために？」

サプライズで用意してもらっていたプレゼントに感動し、胸が打ち震える。

「ボチボチ修行もつけてやるから、そのつもりでいることだ」

「あ……あぁ、ありがとー！　ありがとう、叔父さん！」

自然と頬が緩み、にやけが収まらない。

志生から受け取ったラピスラズリの数珠を目の高さに掲げ、白熱球の発する光に向けてみた。星がちりばめられた夜空みたいな表情をしている石。形状は、算盤の珠みたいに、平べったい形をしている。そして、珠の連なりは百八個。完璧に数珠だ。

「それ、みかん玉っていうカットの仕方なのよ」

オシャレでしょ？　と、律が微笑む。

律の本性を知らなければ、誰もが見惚れてしまうような美しい微笑みだ。日頃から雑に扱われている涼介は、ドキリとすることもなく、数珠を三重にして腕に嵌めてみた。身体中から、負の気が吸収されていくような感覚。一気に、身体が軽くなった。

「すごっ」

ラピスラズリの数珠は、体の軽さに比例して石の色が薄い。最初に目にした、綺麗な濃い瑠璃ではなくなっている。

涼介が、それだけのモノを受けていたということだ。

（知らないって、ある意味……幸せなことだったのかも）

しみじみと、ブレスレットのように、腕に嵌めた数珠を眺める。志生はコトンと、器に入った浄化用の細石水晶を座卓の上に置いた。

「風呂の時や、身につけない時には、これに置いて浄化しておきなさい」

「なるべく、肌身離さず腕に嵌めておくことをオススメするわ」

「でも……学校には、嵌めて行けないかも」

たしか、腕時計はよかったはずだけど、ブレスレットの類はダメだったと思う。

「学校って言ったらさ。春休み、いつまで？」

脈絡もなく律に問われ、涼介は配られたプリントの内容を思い浮かべる。たしか、四月の第一週が終わるか終わらないかの頃だったはずだ。

「来週の月曜日くらいかな？」

約二週間の春休みも、残すところ、あと一週間ほどになってしまった。

クラス替えが楽しみな反面、憂鬱でもある。親友と同じクラスになれたらいいんだけど……と思いつつ、涼介は氷が溶けて少しだけ味が薄くなったジンジャーエールを口にした。

「ねぇ、涼介〜ぇ」

律の甘えたような声に、ジンジャーエールを飲み込み損ねた涼介は、盛大にゴホゲホとむせる。

「ゴホッ……ちょっと、やめてよ。なに？　その猫撫で声」

気味が悪くて少しだけ身を引くと、律は不敵な笑みを浮かべた。

「始業式、楽しみだね」

ゾゾゾ……と、悪寒が走る。始業式に、なにがあるというのだろう。もう、嫌な予感しかしない。

今この瞬間だけは、花嫁狐に対する嫌悪よりも、律に対する恐怖と警戒心のほうが若干上回った涼介だった。

三

きっかけは、ほんの大河の一滴。

インターネットという大海原に、ポツリと呟いたひとつの単語。

——寂しい
それが、全ての始まりだった。

ネガティブな思考を呟けば、呼応するように集まる、同じような考えと境遇のユーザー達。真逆に位置し、知識をひけらかし、諭そうとしてくる愚か者ども。そのどれもが、ディスプレイ内の世界で完結する。

リアルな友達には見せない文体で、顔を合わせながらでは決して言わないようなコメントを残していく捨てアカウント。

楽しくて仕方がない。

どんなひどい返しをしても、それはリアルな自分ではなく、もう一人の意図的に作り上げた虚像の自分なのだ。

相手をバカにし、蔑み、下に見る。手軽に実感できる少しばかりの優越感。けれど、虚しさが残るから、むしろ幸福度はマイナス。

近頃は、リアルが充実した呟きに対するアンチコメントが楽しい。

例えば、好きな人に告白しようか悩んでいる人間の投稿。

告白するか、しないか、どうしようとグチグチ悩む投稿をし、なにが得たいというのだろう。励ましや共感のコメントを期待し、背中を押してほしいのか。好きになった人について悩んでいる自分に、ただ酔っているだけなのか。

解決策を求めていないのに、誰かかまって～！　どうしたらいいと思う～？　という体(てい)で投稿しているものを見つけると煩わしく、イライラしてくるのは心が狭いからだろう。

好きな人にする告白なんていうのは、言わずにはいられない流れや雰囲気が、そのタイミングだったりする。波を待つサーファーのようにベストなタイミングを掴み、意を決して、勇気を振り絞り伝える気持ち。

当然、好きだという気持ちを伝えたところで、必ずしも望んだ答えが返ってくるわけでもない。勝算があると判断しても、その判断自体が誤りで、玉砕することだって十分にあり得る。想いが結ばれない可能性だって、ゼロではないのだ。

誰だって、当たって砕けたくなんかない。

それでも、気持ちは口にしなければ伝わらないと自らを鼓舞し、己を奮い立たせるのは……勇気なのか、無謀な愚かさなのか。どちらに評されるか、それは、評する側のメンタルが凄まじく反映されることだろう。

同じ事象でも、気持ちの浮き沈み次第で受け取り方は変わるのだ。

そもそも、報われないと分かりきっている場合でも、なぜ告白をするのか。

それは、絶対に自己満足だ。自分にもワンチャンあるかもしれないという、微かな望みを抱いてのことかもしれないけれど……結局は、記念としての告白にほかならない。

ほかの誰かと、自分が好意を抱く相手が恋仲になってしまった時、想いを伝えなかったという後悔をしないために。

言ってみれば、望みのない告白は、恋をしていたという気持ちを成仏させるための、ささやかな儀式だったりもする。恋をしていたという気持ちに、ひと区切りをつけるという意味で必要な儀式。

この儀式ひとつで、恋する気持ちをなにも伝えずに、今の関係を壊したくないと臆病になっていた弱虫な自分と……現状維持が心地よく、ぬるま湯に浸かっていたい怠惰な自分から、ほれ見たことかとバカにされないための自己防衛である。

自己防衛は、大事だ。自分を守れるのは、自分だけ。どれだけ周りからのサポートがあったとしても、能動的に自分が動かなければ、なにも変わらない。

でも……自己肯定感が低く、不安で仕方のない人間が、絶対に恋心を受け入れてもらえるに違いないと、根拠の欠片もない自信なんかを持ち合わせているだろうか。

夫婦喧嘩は犬も食わない。人の色恋沙汰なんて、不幸になれば蜜の味。

だから、肯定してやるようなコメントなんて、絶対に投稿するものか。

卑屈と自己嫌悪の沼底に落ちている時は、前向きな人間に対して嫌悪感を抱いてしまう。タイミングによっては、攻撃的になってしまうのだ。

言葉の壁を何層も重ね、虚勢を張るちっぽけな自分を守る。それもまた自己防衛。

後ろ指を指されぬ煌びやかな世界へ、一歩を踏み出せる人間になりたいと……まだ今は、どうしても思えない。

今がいい。今のままが、一番いいのだ。


ブブブッと、マナーモードに設定しているスマートフォンが振動し、通知を受け取ったことを佑奈に知らせる。

佑奈の胃が痛みを伴い、キュッと縮んだ。

（今度は、なんて来たんだろう……）

父の勧めもあって、匿名で使えるＳＮＳに登録してみたものの、自分の想いを発信したことに少なからず後悔していた。顔も知らない人との繋がりが楽かも、と軽く考えていた自分を叱りたい。全くもって、楽しいことばかりじゃなかった。

わざと、そう書いているんじゃないかと勘ぐってしまうくらい、嫌な気持ちにさせられるコメントが投稿するたびに届く。

ブロックしても、アカウントを新しくして再び嫌な気持ちになるコメントをしに来るから、実質はイタチごっこだ。

（病みそう……）

佑奈のほうがアカウントを新しくするべきか、とも思うけど、新しくできた有意義な繋がりを御破算にしたくない。

誰かに相談することができたらいいのだけど、佑奈がスマートフォンを持っていることを知っているのは両親だけ。もし母に相談し、匿名で使えるＳＮＳに登録したことがバレてしまったら、きっとスマートフォンを取り上げられてしまうだろう。

せっかく手にした、自分だけのスマートフォン。父のためだけに活用するには、非常に惜しいアイテムだ。

負担に感じるコメントに辟易しているけれど、いい面も、もちろんある。

同じ趣味の、新しいネット友達もできた。その繋がりは全国に広がり、インターネットというツールを使わなければ築くことができなかった、年齢も性別もさまざまな人脈。

コメント欄が荒れるたび、心配してくれるフォロワーさんも多数存在する。そういう人達との繋がりは、今後も大事にしていきたい。

スマートフォンのロックを解除し、トンッと人差し指の先で通知をタップした。アプリが起動し、表示されたコメントを目にする。

――自分の内面さらけ出して浸ってるの草

佑奈は溜息と共に画面を暗くした。

ただ、嫌だったことを書いただけなのに。

（もう、このアカウント……病みアカってくくりにしちゃおうかな）

堂々と認めてしまえば、こんなコメントも書かれなくなるだろうか。

アンチコメントというほどには悪質ではない。だけど、心の健康を確実に削っていく内容。軽口を叩かれているのだと受け取り方をポジティブにすれば、通報するほどではない、とも判断できるギリギリのラインをついてくる。

きっと、いや……絶対、このアカウントの主は佑奈のことが嫌いなのだ。

嫌いなら嫌いで、関わらなければいいのに。佑奈のフォローを外せばいい。無視をすればいい。見たくもない投稿なら、表示させなければいいのだ。

それなのに、わざわざ時間を割いて反応する。どれだけ暇な人間なのだろう。

「あ〜ん！　もぅ、ヤダ……」

ベッドに倒れ込み、枕に顔を埋めて足をバタバタさせる。苛立ちをぶつけるように、拳を握ってマットレスを何度も殴りつけた。でも、イライラは消えない。

（私も、見なきゃいいんだよ……。通知が来たって思ったら、スライドして通知消しちゃえばすむ話じゃん！）

でも、気になってしまう。

否定されるのは嫌だけど、肯定してほしいから投稿している。ただ、気持ちに寄り添ってほしいだけなのだ。

「はぁ～最悪……」

自分が知りたい情報を得るために、もう一度スマートフォンの画面を明るくする。

タイムラインに流れてくる情報は、各人の呟きと企業のＰＲ。

佑奈がフォローしているのは、気になる芸能人やアーティスト。それから、佑奈の投稿に反応してくれたユーザー達。リアルな知り合いは、一人もいない。

だから、弥生にも相談できないでいた。

相談したなら、アカウントを持っていることがバレてしまう。相互のフォローになってしまった場合、意識をしてしまって、今までのように気楽に気軽に投稿できなくなるのが嫌だ。知り合いに見られていることを前提に、本音は隠して、当たり障りのない投稿内容になってしまうのは息苦しい。

そしたら、佑奈は誰にも話せない気持ちをどこで吐露したらいいのだろう。

寂しくて不安な夜や、母と喧嘩をした時に吐き出したい気持ち。

不特定多数に見られていても、顔が見えないからこそ、しがらみを気にせずに吐き出すことができている。流れゆく多くの情報に埋もれる呟きは、誰も気に留めやしない。だから、いい。そこがいいのに……。

自由に呟いているからこそ、リアルな友達にアカウントを知られてしまうことが怖い。

もし弥生に知られてしまったら、投稿の内容を目にして、幻滅されてしまうかもしれないという不安が頭をよぎるのだ。

弥生には、佑奈の中に渦巻く黒い感情をさらけ出したくないし、面倒くさい奴だと思われたくない。もし知られたら、なぜ本音を言ってくれないのかと怒るだろうか。所詮、上っ面だけの付き合いなのかと、逆鱗に触れてしまうかもしれない。でも、仲のいい友達だからといって、佑奈の全てをさらけ出して知らせる必要はないと思う。

踏み込んでほしくない領域は、誰にでもある。立ち入ってほしくないデリケートな部分は、大人から子供まで、誰だって持ち合わせているはずだ。

それなのに、全てを理解して受け止めたいなんていうのは、エゴ以外のなんであろう。

自分ではない誰かの全てを把握していたいなんて、そんなのは自己満足だ。精神的なマウントを取って、優越感を得ているのではと勘繰ってしまう。
ただ、本当に思いやりなのかもしれないけれど……心が荒んで捻くれてしまってい
る佑奈は、ストレートな言葉も態度もなにもかも、斜に受け止めてしまうのだ。
コンコンコン、とドアがノックされた。驚きにビクリと肩が揺れ、神経を尖らせる。
「佑奈～！　なにしてるの？　お風呂のお湯が冷めちゃうから、早く入ってしまいな
さいよ」
「はぁい。もうちょっとしたら行くー」
答えた佑奈に「遅くならないようにね」と釘を刺し、先に入浴をすませた母は、パ
タパタというスリッパの音と共に去っていった。
佑奈はベッドの上に座り、勉強机の上に置いている写真立てに目を向ける。七五三
の晴れ着姿で、得意気に千歳飴を見せつけている佑奈と、美容室で着付けてもらった
訪問着が素敵な母親。それから、今は離れて暮らしている礼服姿の父親。三人共、幸
せそうな笑顔を浮かべている。
誰かからの好意を素直に受け入れられなくなった原因は、きっと両親に影響されて
いるのだと思う。
一番近くの愛に、不信感を抱いてしまったから。
それなのに、誰かを好きになってしまうのは、本能なのだろう。

いつかは離れてしまうものだと諦めているのに、自分だけを見てほしい、自分だけの特別にしてしまいたいと感情が高ぶっていく。鼓動は速まり、頭の先から足の先まで体中が火照るのだ。

その人のことしか考えられなくなるのだから、いくら頭で否定しても、心が好きだと叫んでいる。

(柳楽君……今、なにしてるかな?)

涼介と出会ったのは、中学校に入学してから。涼介を認識した瞬間は、一年近く経った今でも鮮明に覚えている。

入学式の日に、初めて足を踏み入れた教室。教室の中程に形成された人集り。真新しいセーラー服に囲まれているのは、黒髪に短髪で、清潔感の漂う一人の男子生徒。女子生徒の間から垣間見える涼介の表情は、浮かべている笑みが精巧な作りの人形みたいだった。

幼さがありながらも、眉目秀麗なイケメン男子生徒。芸能事務所に所属していると言われても納得してしまうくらいの容姿で、何人もの女子生徒に囲まれるのも頷ける。

スクールカースト的に並みで平凡な位置に属している佑奈が、そんな女子に人気の涼介と話ができるのは、同じ部活動に所属しているからにほかならない。

涼介が目当てで、体験入部をしにきた女子生徒はたくさんいた。でも、武道でありスポーツでもある弓道と相性が悪くて、入部を諦めた女子が大多数だ。

和弓を引くには、一つひとつの動作が連動していかなければならない。射法八節と言われる、弓を引くための八つの過程を地道に覚え、筋力をつけていかなければならないのだ。弓をしっかり引き分けられるようになるまでにはコツが必要で、その感覚を掴むのが難しい。

ミーハーな気持ちだけで、弓道と真摯に向き合う心がなければ、長続きしないのは明白だ。涼介と同じ部活動に所属したいという目的だけでは、約二年半近くを興味のない事柄に費やせやしないだろう。

だから、涼介と同じ学年で、弓道部に所属した女子は弥生と佑奈と、幽霊部員の三人だけ。

佑奈も最初の動機は涼介がいるなら……という下心が働いたけれど、純粋に弓道をしてみたいという興味と好奇心が芽生えたから、今まで頑張れている。

射法八節を覚えて、徒手で動きを体に覚え込ませ、ゴム弓を使って練習をし、和弓に臨む。素引きで筋肉の使い方を覚えたら、ようやく棒矢を番えて巻藁を射つことができるようになるのだ。

手の内がうまくできずに、矢を放ったあとの弦が、腕の内側を何度も擦ってできる内出血が痛くてたまらなかった。青を通り越して紫や黒のグラデーションに変色していくグロテスクな痣は、上達していくために誰もが通る道である。そこで心が折れなかったから、放った矢が的に当たる嬉しさを知ることができた。

そして同じ弓道部だからこそ、涼介も佑奈を認識し、ほかの女子生徒達よりも話をしてくれる。

たったそれだけのことが特別に思え、優越感へと変じてしまう。好きだと伝えたわけでもないのに、ほかの女子生徒達よりも仲良くしてもらえるというポジションが嬉しい。

だからだろうか。風の噂に、涼介が女子生徒から告白されたと聞くだけで心がザワつく。誰かのパートナーになってほしくないという、独占欲が働くようになってしまった。今の佑奈は、入学当初とは違い、涼介の顔だけでなく、人柄にも惚れている。

心の底から大好きなのだ。

親友だと思っている弥生にも打ち明けられていない恋心だけど、愛に不信感を抱きながらも、精一杯に恋をしている自分に胸を張りたい。そんな恋心を投稿していると、共感してくれるコメントの中に、当然アンチなものが紛れ込む。

何度も、何度も、何度も、何度も。大切にしたい恋心が、ズタボロに貶されるのだ。

(なんか、窮屈……)

佑奈の指先が、今の気持ちを綴っていく。

――気持ちを吐き出しちゃダメって、生きにくいよ。

投稿しようか、しばし悩む。

予想に反さず、きっとこの投稿にも、いつものアカウントから嫌な気持ちになるコメントがつくのだろう。

でも、このアカウントは、佑奈の心を客観視するために作成したものでもある。声に出して誰かに伝えることができない、見て見ぬフリをしてはならない心の声の集まりなのだ。

タンッと、投稿ボタンをタップする。

口に出せない心の声が、またひとつ、インターネットという大海原に送り出された瞬間だった。

四

短い春休みが終わりを告げ、新学期が幕を開ける。

四月の第一週の金曜日。週末に一日だけ登校するなら、来週の頭から始業すればいいのにと、涼介は憂鬱な気分だ。

季節は春。なのに、朝はまだ少し肌寒い。日差しは暖かそうな色合いなのに、風が冷たいのだ。それでも、冬の刺すような風の冷たさではないことが、季節の移ろいを実感させてくれている。

学ランの上に薄手のパーカーを羽織って登校した涼介は、欠伸（あくび）を噛み殺しながら下駄箱の中に入っている上履きを持ち上げた。

パタリと、ゴム底にへばりついていたなにかが落下する。

確認するべく視線を下に向けると、足元に落ちていたのは、一通のメルヘンな封筒。淡いラベンダー色に、薄い桜色のグラデーション。レースのフリルみたいな模様が縁を囲んでいる。

差出人は、名前に覚えがある子なのか、はたまた全く知らない誰かなのか。

涼介が名前を覚えている女子は、とても少ない。一年の時に同じクラスだった女子生徒は、かろうじて覚えられたけれど……顔と名前が一致したと自信が持てるようになるまで半年以上かかっていた。

（これ……無視するわけにもいかんよなぁ）

膝を折り、封筒を拾い上げる。立ち上がって、表と裏を交互に確認してみたけれど、封筒にはなにも記されていない。宛名も差出人も書かれていない封筒は、便箋が入っているような厚みも感触もなかった。

（悪戯？）

中に便箋があれば、本当に涼介へ宛てた手紙なのかが分かるかもしれない。

書いてある文面を見てしまうことに後ろめたさはあったけれど、このまま人目のつく場所に置いたり、ましてやゴミ箱の中に捨ててしまうよりはマシだろう。

（ちょいと失礼）

心の中で謝罪し、封が閉じていない封筒を開く。

フワリ、と異臭が鼻をついた。

（なんだ？　この臭い……）

どこかで嗅いだ覚えがあるのに、思い出せない。

涼介が記憶の糸を辿っていると、肩にズンと重みが生じた。

「なんだよ。新学期早々ラブレターかよ。羨ましいなぁ、おい～」

「うわっ、ちょ……ッ、やめろって！」

ボソボソと耳元で喋られ、ゾワゾワする右の耳。不快感を拭い去るように手の平で揉みほぐしながら、涼介は声の主に声を荒らげた。

涼介の背後に立ち、耳元でボソッと不満を口にしたのは、親友である野口雄大。

雄大とは幼稚園の頃からの腐れ縁で、所属している部活は違うけれど、学校行事やイベント事では、なにかと一緒に行動することが多い。志生や律と同じように、涼介が素の自分をさらけ出せる相手だ。笑顔がとても人懐こく、つぶらな瞳も柴犬のようで、ヤンチャ系な男子という印象を与える。そして涼介とは違い、教師に見咎められない程度に軽くへアワックスをつけるなど、異性への見え方を気にしているモテたい男子。絶賛彼女募集中の、とても気前がいい男。

去年はクラスが違っていたけれど、今年は同じクラスになれるだろうか。

雄大は涼介の肩に腕を回すと、だってさ～と不貞腐れた声を出した。

「涼介ばっかり女子にモテモテじゃん？　下駄箱にラブレター忍ばせられてんの、これで何回目よ」

「んなもん、いちいち数えてないって」

「ほら、それ！　それよ。この言い草。慣れてて腹立つわ～」

「そんな……。いいもんじゃないって……」

自分は知らないのに、相手は涼介のことを知っているという気持ち悪さ。知らない相手から好意を寄せられ、彼女にしてほしい、お付き合いしてください、と言われても……当然のことながら、「はい」とは答えられない性分だ。とりあえず、まずは友達からでいいからと縋られても、涼介からしてみれば、そこまでして知らない女子と仲良くなんてなりたくない。迷惑でしかないのに、自分の気持ちばかり押しつけられても困ってしまう。

だから、断る。すると、また告白を断ったのだと噂が広がっていく、という悪循環。

初めて告白を受けた頃はドギマギもしたし、なんて返事をしたら相手を傷つけないのか言葉を選んだりもしていたけれど、今では簡潔に「ごめんなさい」という定型文で返している。あれこれ理由を述べても、それは優しさではないと悟ったから。

告白を受ける頻度が多すぎて、最近では、断ることに罪悪感も抱かなくなってきた。けれど、断られたことで肩を落として泣く背中や、離れて様子を見守っていた友達から「頑張って気持ち伝えたじゃん」と励ましを受けている姿は見たくない。

好きでもない相手からの告白を断ることで、自分の心を乱されたくないし、断った相手に後ろめたさなんかを感じたくもないのだ。

だから涼介は、返事をしたらすぐに踵を返して、その場を立ち去ることにしていた。

自分の心は、自分で守らなければ、誰も守ってくれない。

そんな涼介の大変さや気苦労を知っているだろうに、雄大は羨ましいと思っているのだから、心の底から彼女という存在が欲しくてたまらないのだろう。

雄大は、なおも羨ましそうに涼介が手にする封筒を見つめている。

「ねぇ、誰から？」

「それが……書いてないんだよ」

本来なら、差出人が書いてあるはずの箇所を見せると、雄大はズィと顔を寄せた。

「匿名希望？　なんか、名前書いた跡も残ってなさそう」

「うん……。便箋も入ってないんだよ」

「えー？　中身入れ忘れて、封筒だけ置いたんかな？」

「そんな、そそっかしいことする？」

眉をひそめれば、しないよな～と、雄大も肩を竦める。

「つか、イタズラじゃね？」

「かなぁ？」

二人して同じ結論に辿り着き、残る問題は、この封筒をどうするかということ。

「ただの封筒だけなら、ゴミ箱に捨ててもいいんじゃねーの？」

「でも、さすがに学校内ではやめとくよ。どこで、これ下駄箱に置いた人が見てるか分かんないし」

そっかぁ？　と、雄大は少し嫌そうな表情になった。

「俺だったら、誰からのか分かんないのに、手元に置いておくのヤダよ。気味が悪い」

たしかに、雄大の言うことにも一理ある。

「まぁ、それはあれよ……」

性格の違いってことで、と言いつつ、肩に提げていたリュックの中へと無造作に突っ込んだ。

「お人好しなのか、バカなのか……」

「なんとでも言え」

雄大に軽いタックルをくらわせ、二人でクラス発表の紙が掲示されている掲示板へと足を向けた。自分の名前を確認し、ひとつ下の行に視線をずらす。柳楽涼介の下に、野口雄大の名前を見つけた。

「やった！　涼介、今年は同じクラス」

「うん、マジで嬉しい！」

喜んだ雄大が、涼介の肩をバシバシと叩く。満面の笑みを浮かべた涼介も、雄大の頭をワシャワシャと掻き混ぜた。

「うおい！　やめろって。セットが崩れる」

「あははーごめ～ん」

「もー！　棒読みの謝罪なんていらねぇんだよ。本気で悪いと思ってないくせに」

文句を言いながら、グシャグシャにされた髪を直す雄大に、涼介は声を立てて笑う。

中学校二年生という今年は、親友と同じクラスになれた。運がいい年だ。

有意義な学校生活になるかもしれないと期待し、楽しい予感にワクワクと胸を躍らせた。


全校生徒が集められた体育館で始業式が終わり、そのままの流れで着任式が行われる。これから正面のステージに登壇するのは、この春から涼介が通う市立中学校に配属された教師達。

司会進行役の教師が「それでは、どうぞ」とマイクで登壇を呼びかけた。

暇だった涼介は、体育座りをしている膝を抱え、学ランの袖口に視線を落とす。

今日は試しに、志生から渡されたラピスラズリの数珠を腕につけたまま登校してみた。服装検査の時には数珠をリュックに移し、また終わってから腕に嵌めたから、教師に見つかってはいない。

現在ラピスラズリの色は、一定の濃さを保っている。だから今は、霊的な存在の影響を受けていないということだ。体調も通常どおり。気分もいい。自分の状態を把握できる物があると、それがバロメーターとなり、心の余裕も少し出てくる。いい兆候だ。

唇に笑みを乗せ、袖の上から数珠を触っていると、後ろに座る雄大から背中を突かれた。

「おい、見てみろよ」

「え？　なにを？」

どこか興奮した様子の、雄大の顔が間近に迫っている。いつの間にやら、周囲もザワザワと騒がしい。近くに座る生徒同士で、男子も女子も、声をひそませながら言葉を交わしていた。

「すっげ」

「めっちゃ美人」

「なんかエロい」

「保健室の先生かな」

涼介の耳に、さまざまな評価が聞こえてくる。前を指差す雄大に従い、涼介もソワソワとしながら、新任が並ぶ舞台に顔を向けた。

並んでいるのは、三人。

隠しきれない厚い胸板が印象に残る、スーツ姿の暑苦しそうな男性教師。体格のよさから想像するに、担当する科目は体育のような気がする。それから、背が低く、眼鏡をかけているボブヘアーの女性教師。ライトベージュのスーツは、柔らかく優しそうな雰囲気を醸し出している。担当科目の予想はつかない。けれど国語でも化学でも、興味のある物事に対しては、どこまでも追究して語ってしまうのではというオタク感を漂わせていた。

そして、最後の一人。

全校生徒が注目しているであろう、白衣を着ている人物を認識し、涼介は目を疑った。

(え、他人の……空似？)

目を見張ったまま視線を逸らせずにいると、高い所から黒い瞳が涼介を捉える。バチリと目が合い、とっさに下を向いて顔を隠した。まさかの事態に、心臓がうるさい。

(嘘だろ？　そんなわけ……あるはず、ないよ。ないない！　見間違えたんだ。きっと、そうだよ。見間違いだ)

たった今、目にした姿を信じたくなくて、何度も見間違えだと自分に言い聞かせる。

(それでも……ちょっと、もう一度くらい顔を確認しないと……)

どうか、他人の空似の、見間違いでありますように。

心の中で念じながら息を殺し、見ていることを悟られぬよう、わずかに顔を上げて上目遣いになる。

市松人形のように切りそろえられたパッツンの前髪に、肩甲骨辺りまで長さのある黒く長い髪。顔の横に流れ落ちてきた髪をサラリと耳にかけながら、その女は舞台上から、ギンッと鋭い眼光を宿した瞳で涼介を見据え続けていた。

「やべぇ、俺……目が合っちゃったかも！」

後ろに座る雄大が、興奮したように涼介の肩を揺らす。

「え、えぇ？　あ……そう？　よ、よかったね」

雄大への返しが、しどろもどろになってしまった。なぜなら、涼介は激しく動揺しているから。

ダメだ。平静が、全く保てない。

（いや、ごめん雄大。きっと……それ、俺に向けられた視線だよ）

向けられた視線と言うより、眼をつけられたと表現したほうが適切かもしれない。

心の中で雄大に釈明しつつも、涼介の脳は、いまだに壇上から睨みつけてくる人物を認めたくないようだ。軽く、考える、という機能を停止させてしまっている。

「では、次――」

司会の教師が、最後の一人を促す。

自分の順番が来て、男女問わずに息を呑むほどの美貌を兼ね備えた女性は、豊満な胸とくびれた腰が強調されたスーツの上に羽織った白衣を靡かせながら、ランウェイを歩くモデルのように颯爽と歩み出た。

「はじめまして。スクールカウンセラーとして配属されました、栗原律です。不安なこと、心配事、恋愛相談から雑談まで、なんでも話しに来てくださいね」

律がパチリとウインクすれば、体育館が揺れるくらいの黄色い歓声が上がる。男子生徒はもちろんのこと、女子生徒も興奮状態だ。まるで、芸能人が登場したかのような盛り上がり。ただのウインクひとつで、律は全校生徒のうち、半数以上に値する面々の心を虜にしてしまった。

（始業式が楽しみって、こういうことか……）

涼介も別の意味で悲鳴を上げ、これから始まる学校生活に、突如として立ち込めた暗雲に頭を抱える。

背後から、呑気な雄大の声が聞こえてきた。

「うわ～スクールカウンセラーかぁ。俺、悩み事ないけど相談室に行ってみようかな」

「やめとけ！」

全力で異を唱えた涼介に、雄大は不服を申し立てる。

「え～？　なんでだよー」

同意しなかった涼介に、不満たらたらだ。

なにか雄大を納得させる理由がないか、涼介は必死に頭を働かせる。

「や、だって……ほら、本当に相談したい人がいるかもしれないのに、興味本位の奴が相談室にいたら迷惑だろ？　そう、な！　迷惑になるから、行くのやめとけ」

「な～んで、そんな必死に止めんだよ」

まさか！　と、なにかに気づいた雄大が、両手で自分の口を覆う。涼介の耳元に顔を寄せ、小声で話しかけてきた。

「お前も、惚れちまったのか？　それで、わざわざ俺のこと牽制してんだな」

「はぁ？」

意図とは異なる雄大の解釈に、大きな声が出てしまう。慌ててキョロキョロと周囲を見回すと、少しだけ視線が集まっていた。手をかざし、今さらながら顔を隠す。そして声をひそめ、雄大に「バカなこと言うな！」と悪態をついた。

「なんで俺が、あんな人に惚れないといけないんだよ。早とちりして勝手な妄想してんなし！」

「あんな人って……栗原センセのこと、知ってんの？」

「え？　いや、その……」

スクールカウンセラーとして就任しているのだから、律が呪術師であるとバラしてはいけないだろう。叔父の仕事相手と説明したところで、今度は志生の職業を説明しなければならなくなるかもしれない。

涼介が答えられずにいると、雄大が物思いに耽ったような深い溜め息をこぼした。

「だって、ヤバいっしょ～あのルックス。男だったら、絶対お近づきになりたいってー。いけない妄想とかしちゃうよ？　だって、ほら。あの顔とプロポーション。俺、なんでも言うこと聞いちゃいそう」

壇から降りる律を目で追いながら、雄大は鼻の下を伸ばしきっている。色香に惑わされ、惚けてしまっている思春期男子の頭の中は、雄大の反応が正常なのだろう。たしかに、律を見てくれだけで判断すれば、そういう妄想も楽しいに違いない。でも、涼介は律の普段を知っている。

ついさっきまで楽しい予感にウキウキと心躍らせていた胸の高鳴りは、強い風に吹かれた蝋燭の火のように、呆気なく消え去ってしまった。

着任式が終わってから、涼介は憂鬱な感情に全身を支配され、気づけば放課後を迎えていた。

今日という一日、なにをして過ごしていたのか全く思い出せない。それくらい、律がスクールカウンセラーとして涼介と同じ学校に就任したという事実が与えた衝撃は大きかった。同じ校舎に律がいる。廊下を歩けば、どこかでバッタリと会ってしまう可能性が生じる日常。恐怖でしかない。

（もし会ったら、どんな顔して接したらいいんだよ）

知り合いだからといって、馴れ馴れしくしてはいけないと思う。かといって、避けたり無視をしたりといった態度では、プライベートで会った時にどんな制裁を加えられるか分かったもんじゃない。

（困った……）

これはもう、律と出会わないことを願うしかないだろう。

「涼介君……なんか、魂半分抜けてる？」

弓道部の顧問に校内放送で呼び出され、一緒に職員室へと向かっていた弥生が、心配そうに顔を覗き込んできた。

「心ここに在らずって感じしてるけど、なにかあった？」

「なにかあったってぇか、これから起こると言うべきか……」

説明が面倒くさい。深く掘り下げてほしくない内容だ。

「心配事があるなら、相談に乗るよ？　私、聞くの得意なんだよね。結構、友達から相談も受けたりしてるし。友人関係とか、恋愛方面とか？　涼介君にアドバイスは必要なくても、喋るだけで気が紛れることもあるしさ。聞いたことは誰にも喋んないよ」

ニカッと笑みを浮かべ、聞き役としての有能さをプレゼンしてくる弥生に、涼介は心のシャッターをガラガラと閉じた。

姉御肌気質というか、頼られたい性分なのだろう。あえて、そう振る舞っているように見受けられるときがある。責任感が強く、面倒見もいいから、佑奈よりも弥生のほうに女子部長という白羽の矢が立ったわけだが……。

弥生自身、相談を受ける自分に酔っているのか。自分の立ち位置を相談役というポジションに置きたいのか。遠慮しているように見せて、喋ってごらんよとグイグイ来られるのは、あまり好きじゃない。ほかの人にとってはどうだか知らないが、涼介にとって弥生は、相談役に値しない。ただの、同じ部活に所属する同級生にすぎないのだ。

「気持ちだけで十分だよ」

「そう？　負の感情って、溜め込むとダメって言うじゃん？　愚痴ならいくらでも聞くから、遠慮しないでよ」

しつこいなぁ……と、苛立ちが顔を覗かせる。不機嫌を悟られまいと、無理やり口角を引き上げ、鉄壁の微笑みを作り上げた。

「大丈夫。気持ちだけ受け取っとくよ」

同じような内容のセリフを二度も言われ、弥生も察したようだ。スッと涼介のパーソナルスペースから身を引き、不穏になってしまった空気を取り繕うように、ニヘッと苦笑いを浮かべた。

「ごめんね。余計なお世話だったかな」

そんなことないよ、というただの社交辞令が、喉の奥でつかえる。面倒くさくて、もう会話がしたくない。そっとしておいてほしかった。

相手が雄大なら、適当にあしらってないがしろにするところだが、弥生ではそうもいかない。気まずい沈黙が流れる中、目的地である職員室の前に辿り着いた。

リュックを背負ったままでは、職員室に入れない決まりになっている。二人揃って、背負っていたリュックを廊下の脇に置き、涼介が職員室のドアに手を伸ばした。

指先が触れる寸前、ドアがガタリと小さく動く。ガラッと、涼介が開けるより先に、職員室のドアがスライドした。

「わっ！」

突然、涼介の視界が暗くなる。水がタプンタプンに入っているウォーターベッドに顔面からダイブしたような、柔らかくも弾力のある感触にバインと包まれた。

ヒャッ！　という、弥生の短い悲鳴が背後から聞こえる。なんだ？　と疑問に思うも、目の前は真っ暗だ。

「あら、ヤダ。ごめんなさい……って、なんだ涼介か」

聞き覚えのある声が頭上から降ってくる。反射的にバッと顔を上げれば、そこには見慣れた律の顔があった。

ただ、メイクが違う。ローズピンク系の口紅が引かれた唇。ブラウンのアイラインが引かれ、ピンク系のアイシャドウで血色のよさと優しさを演出した切れ長の目。マスカラを塗られた睫毛は存在を主張することなく、ナチュラルに馴染んでいる。

「なっ！　っあ……ッ」

不可抗力ながらも、律の豊満な胸に顔面から突っ込んだのだと、ようやく理解した。現段階で、涼介の身長は律より低い。高身長の律の胸元辺りに、ちょうど涼介の頭が位置しているのだ。

（ヤバい！　やってしまった……ッ）

瞬時に顔が熱を持ち、そしてすぐさま蒼褪める。

「すみませんでしたーッ！」

全力で謝りながら盛大に飛び退くと、腰を九十度の直角に折り曲げ、ビシッとキレイなお辞儀を披露した。ダラダラと冷や汗が伝う気がする。どうしよう。困った。偶然とはいえ、許されざる行為に、どんな制裁が待ち受けているだろう。罵倒されるか、張り倒されるか、金縛りの術をかけられるか。恐怖に心臓がドキドキと暴れだす。

誠意を表すために深々としたお辞儀を披露したけれど、謝罪の気持ちは伝わっているだろうか。

涼介に注がれる律の視線を冷たいと感じてしまう。それは、律の胸に飛び込んでしまったという後ろめたさからだろうか。それとも、今まで経験してきた律からの理不尽を脳が思い出し、恐怖しているからかもしれない。

律の目が、わずかに細められる。

「前方不注意ですね。次から気をつけなさい」

「……え？」

さっきのひと言が幻のように、律の喋り方が普段と違う。まるで余所行き。涼介なんか知らないという素振りに、軽く戸惑いを覚えた。

「涼介君と栗原先生……知り合いだったの？」

顔を赤くしたまま、弥生が遠慮気味に疑問を口にする。

「いえ」

動じた様子もなく、ズバッと切り捨てるように律は否定した。

「でも、さっき涼介って……」

自分の耳を信じているのだろう。弥生は否定した律をさらに否定する。

涼介の耳に、チッと小さな舌打ちが聞こえた。頭を持ち上げると、律の視線は涼介ではなく、弥生に向いている。

これは、お咎めなしと捉えていいのだろうか。

涼介が様子を窺っていると、律は無言のまま、弥生に歩み寄る。

本能的に危険を察知したのか、弥生は少しだけ首を竦め、近づいてくる律から逃げるように涼介の隣に移動してきた。

巻き込まれたくないから、寄ってきてほしくなかったというのが、涼介の本心だ。

律は弥生の前に来ると、ソッと手を伸ばす。弥生の頬に右手を添えると、誰もが見惚れてしまうカリスマ性を湛えた微笑みを浮かべた。

「はじめまして。可愛いお嬢さん」

「えっ」

弥生は戸惑っているのか、瞬きすることすら忘れてしまっている。頬も赤く、律から目を逸らすことができずに、口が半開きになったまま硬直してしまっていた。

律の指先が、柔らかさを確かめるように、優しく弥生の頬を撫でる。人差し指が弥生の顎を擦るように掠め、下唇に軽く触れた。

まるで、ドラマかなにかのワンシーンを見せられているようだ。この二人の周囲だけ、空気感が違う。

涼介は、女性が男装した演劇を間近で観劇しているような感覚に陥ってしまった。

律の唇が、言の葉を紡ぐ。

「なにか困ったことがあったら、相談室にどうぞ」

肩口から流れた黒髪を耳にかけ、妖艶な笑みを浮かべた律の瞳が妖しく光る。弥生はさらに真っ赤になって、口をパクパクさせながら、涼介の後ろに身を隠した。

「わっ、私は！　特に相談するような環境に、ありません！」

虚勢を張ったのか、弥生は大きな声で宣言する。律は「残念ね」と、まるで降参の意を示すかのように、弥生の頬を撫でていた右の手の平を見せた。

「でも、これからは分からないじゃない？」

「これから、って……」

警戒する弥生に、律は含みを持たせた笑みを浮かべる。

「まぁ、自分の手に負えなくなったら、いつでも相談室にいらっしゃい。この律先生に無料相談なんて、学校じゃなきゃ無理なんだから」

それじゃあね、と律は涼介と弥生に背を向け、肩で風を切りながら颯爽と立ち去っていった。

廊下で一部始終を目の当たりにしていた数名の生徒達と、職員室の中で亀のように首を伸ばして様子を窺っていた教師陣の視線が、涼介と弥生と同じように律の背中を追う。

不自然に訪れた静寂を気にも留めず、非の打ち所がない凛とした後ろ姿で歩く律は、さながらみんなの視線を掻っ攫っていく主演女優のようだ。全員の注目を一身に集めたまま、律は周囲を気にした素振りを少しも見せず、廊下の突き当たりに在る相談室へと入っていった。

「なんだったの？」

呆気に取られている弥生に返す言葉が、涼介にはない。

律は涼介のことを知らないと言って関係を隠していたのに、涼介が律のことを弁解するのもおかしな話だ。「さぁ？」とだけ答えて、終わりにすることにした。

ツンと、肘の辺りが引っ張られる。

「ねぇ……。涼介君って、ああいう女の人が好みなの？」

拗ねたような弥生の口調に、涼介は「は？」と眉根を寄せた。

「なんで？」

だって……と、弥生は唇を尖らせる。

「さっき、鼻の下伸ばしてたじゃない」

「んぅ？」

鼻の下を伸ばした覚えなんて、これっぽっちもない。言いがかりはやめてほしい。

不本意な勘違いをされ、涼介は少しだけ声を荒らげた。

「俺の好みじゃないよ」

「じゃあ、どんな人がタイプなの？」

弥生は、相談役になるよと食い下がってきた時とは違った雰囲気で、ここぞとばかりに食いついてくる。さっきは余裕ぶった大人の女性のような雰囲気を演出しようとしていたのに、今はまるで、駄々をこねる幼女のようだ。

「告られても断ってばかりで、誰とも付き合わないのは、なんで？　今朝だって、ラブレターもらってたじゃない」

「え？　朝の、見てたの？」

見てたよ！　と、なぜだか涼介は怒られた。

「気まずかったから話しかけなかったんじゃん！」

そんなこと言われても……と、涼介は返答に困ってしまう。

付き合っているわけでもないのに、どうしてこんな追及をされなければならないのか。煩わしすぎる。鎮めたはずのイライラが、また頭をもたげそうだ。苛立ちが伝わってしまわないように気をつけながら、制服を掴んだまま離さない弥生の手を退ける。

「好きじゃないから、じゃ、理由にならない？」

弥生に向けた視線には、どう頑張っても怒りの感情が宿ってしまう。不満な表情を浮かべていた弥生だが、バツが悪そうに涼介から視線を逸らした。

「ごめん。余計な詮索だった」

「分かってくれたなら、もういいよ」

これ以上ここにいても埒が明かない。涼介は気を取り直し、自己嫌悪に陥っているであろう弥生を促した。

「まぁ、ほら。早く顧問のところに行っちゃおうよ。部活する時間が少なくなるから」

「うん、そうだね」

弥生は弱々しい笑みを浮かべ、歩き始めた涼介のあとについてくる。

涼介は「失礼します」と声をかけ、今度は無事に、職員室の中へと入っていった。

五

――気持ちを吐き出しちゃダメって、生きにくいよ。

そんな呟きは、具体的に、なにに対してなのか記されていない。曖昧で、抽象的で、心の中を探られたくないし深入りされたくないのだろう。防御壁のように、張り巡らされた守りの盾が、一番吐き出したい言葉を覆っている。

ならば投稿するな、と思ってしまうけれど、匂わせる程度にはなにか痕跡を残したいのだろうと解釈した。

落胆する呟きにプラスの言葉を投げかけるか、傷口に塩を塗る言葉をかけるかで、自分という人間性を演出することができる。

他人から好かれる人間と、存在が疎まれる人間。欲している言葉をかけられる人間か、書いた当人の気持ちなど微塵も鑑みずに持論を押しつけ展開する人間か。

(さて、どちらを選ぼうかな?)

本来の自分であるアカウントであれば、プラスの言葉を投げかけるだろう。しかし捨てアカウントであれば、なんの躊躇もなく、傷を抉る言葉を選択する。

誤爆はゴメンだから、アクセスしているアカウントを再確認し、それに見合ったコメントを入力していく。

――感傷に浸ってるの草

――生きにくいなら、生きるのやめたら？

――気にせず、どんどん吐き出せばいいじゃん。誰も気にしてないし、気にも留めない。自意識過剰すぎてウケるｗ

辛辣な言葉が、どんどん湧き出てくる。

本来の自分なら、絶対に記さない言葉の羅列。こんなことを書いていいんだろうかと悩むことなく、感情のままに投稿していく。

だけど、虚しい。全く心が満たされない。むしろ、どんどん苛立ちが増し、憤りが燃え盛る。

いつもそうだ。書いても書いても、心は晴れることがない。でも、投稿したコメントを無視されれば腹が立つ。

なんて、矛盾しているのだろう。

初めの頃は、心ないコメントにも律儀に返信があった。コメントの主の感情を逆撫でしないように、一生懸命に考え抜いたと思われる反論のコメント。でも最近では、それすらもない。

無視をしていても、無関心でないことは分かる。なぜなら、アカウントのブロックをしてくるから。

ブロックされたアカウントは捨てて、新たにアカウントを作り直し、またコメントをしにいっている。同じアカウントからのコメントではないのだから、新規として負のコメントに反応くらいしてくれてもいいのに。

アカウントは違えど、書いている人物は同じだと、察知しているのだろう。

（さすがに、そこまで頭が回らないわけないもんね）

登録している全てのアカウントを表示し、選択してアカウントを切り替える。これで、さっきまでの自分とは別人になった。

そして、もう一度、けなしたコメントを連投した投稿を表示する。

違う自分を演出し、別人が書いたとしか思えない、さっきとは真逆のコメントを投稿した。

――自分を抑え込まないで。生きにくくしているのは自己暗示のせいで、思い込みかもしれないよ。違うことにも目を向けてみよ！

――嫌味なコメントなんて気にしちゃダメだよ
――顔が見えないからこそ、できるコミュニケーションもあるから、負けないで！

貶しておいて、持ち上げる。自作自演で楽しむ、炎上もどきのコメント欄。

さて今回は、どんな反応を示してくれるだろう。

「楽しみ」

ウキウキしながら、アプリを閉じる。

タブレットのディスプレイを暗くし、充電するためアダプタに接続した。

次にアプリを開くのは、お風呂に入ってからにしよう。


佑奈は誰もいない部室でスマートフォンを開き、新しいコメントが来ているという通知を確認した。

予想を裏切らず、昨日の夜に投稿したものに、嫌な気持ちになるコメントがついている。そのコメントを受けて、好意的に接してくれるフォロワーから、励ましのコメントや庇護してくれるコメントがポツリポツリと届いていた。

なんて、ありがたいのだろう。リアルで顔を合わせたこともないのに、佑奈の思考傾向や気持ちを察し、汲んでくれる。この繋がりが大切だから、今使っているアカウントを捨てることができないのだ。

SNSのアプリを開き、フォロワーの投稿にハートを押していく。

タイムラインには、佑奈とは違うそれぞれの日常が流れていた。仕事に行きたくない社会人。幼い子供を育てながら、家庭を必死に回しているワンオペ中のママさん達。春休みが終わったことを嘆く学生諸君。それから、芸能界で活躍する芸能人達のファンに向けられた投稿や日常の諸々。

眺めているだけで、繋がっていると錯覚を起こす瞬間に幸せを感じてしまう。

佑奈は、一人じゃない。ＳＮＳの中で、共感したり、励ましたり。片親家庭の人達と共有する、取り繕っていない素直な感情。それは、リアルな友達とはできていないことだった。嫌なコメントもつくけれど、佑奈にとって大切な、憩いの空間。

——ありがとう。気にかけてくれるフォロワーさん達に感謝！

涙で目をウルウルさせた絵文字を添え、新たな呟きを投稿する。

コメントに傷つけられ、コメントで励まされるのだから、扱い方次第で諸刃の剣（つるぎ）となるコンテンツ。佑奈自身は、誰も傷つけない方法でＳＮＳを活用したい。有益な情報を得て、心を豊かにする交流がしたい。アンチなアカウントとの関わりは、一切なくしたいのだ。

「よし、できた」

投稿が上手く反映されたことを確認し、ＳＮＳのアプリを閉じる。スマートフォンのディスプレイを暗くし、カバンの中にポンと投げ入れると、ファスナーを走らせた。

制服からジャージとハーフパンツに着替え、邪魔になる髪を左右で結ぶ。ショートカットにした髪が伸びてきたところだから、結ぶと筆の先みたいになってしまうのが少し気になっていた。かといって、結ばなければ顔にかかって邪魔になる。とても中途半端な長さだ。

（今日来たスクールカウンセラーの先生くらいには、伸ばしてみたいなぁ）

着任式で登壇した新しいスクールカウンセラーの先生は、とても美人だったし、スタイルも抜群だった。心の底から羨ましくて、将来は、あんな体型になりたいと憧れてしまう。

部室の壁にかかっている鏡の前に立つと、辛気臭い表情を浮かべる佑奈が映る。額と頬には、ポツポツとできた白ニキビ。それから、これから化膿するであろう赤ニキビ。潰すとクレーター状の跡が残ると知っているけれど、潰さずにはいられない。

不衛生と知りながら、爪の先で白ニキビをプチッと潰す。グッと押さえ込めば、汁と共にニュッと芯が出て、少しだけ爽快な気分になった。全ての白ニキビをプチプチと潰し、あぶらとり紙でギトギトした脂を取り除くと、ニキビケアの軟膏を入念に塗り込んだ。

少しでも可愛くありたい思春期の時期に、なんでニキビや汗臭さに悩まされないといけないのだろう。太りたくないのに、佑奈の体は脂肪をどんどん蓄積していくし、ダイエットを試みても長続きしない。弓を引くから、二の腕はどんどん太くなる。

スラッとした、弥生の体型が羨ましい。洗顔やケアをちゃんとしているのか、弥生の顔にはニキビも少ない。

それに、きっと弥生も、涼介が好きなのだと佑奈は思う。涼介も、弥生に気があるのかもしれない。よく話している姿を見かける、弓道部の男子部長と女子部長。顧問に呼び出されて、今も二人で行動を共にしている。

(私じゃ、弥生ちゃんには敵わないもんなぁ)

弥生が佑奈と仲良くしてくれているのは、真面目に部活に参加している同学年の女子部員が、佑奈しかいないからだろう。

弥生はとても社交的で、クラス内のカーストでは上位に君臨している。そんな弥生と一緒にいることができているからこそ、佑奈もそこそこの位置にいられるのだ。喧嘩なんかして、弥生と一緒にいられなくなったら、カースト下位へと瞬く間に転落してしまうだろう。

だから、嫌われないように、面倒くさい本音は伝えない。弥生に煩わしいと思われないようにしなくてはと、日々細心の注意を払っていた。

(こんな顔してたら、なんか勘づかれるかもしれない……)

いつものように、能天気で明るい佑奈を演じなくては。

目を大きく開き、無理やり口角を引き上げて、表面的な笑顔を作り上げる。この表情をキープしていれば、弥生や涼介達に、気分が沈んでいることを悟られないはずだ。

(あとは部活に集中して、弓を引いている間だけでも、嫌なことを忘れなくちゃ……）

雑念が入ると、たちまち射型（しゃけい）が崩れてしまう。精神面が大きく反映されるからこそ、平常心の大切さを痛感させられるのだ。

脱いだ制服を手早く畳み、ジャージとハーフパンツが入っていた手提げ袋にギュッと押し込む。部活が終わったら弓道場から直接帰ることができるように、通学用のカバンと制服を入れた手提げ袋を肩に提げた。部室の電気をパチリと切り、ドアノブに手を伸ばす。

（弓道場に着いたら、まずは弓に弦を張って……それから、安土の整備をして的をつけよう）

頭の中で段取りを確認し、佑奈は部室をあとにした。

涼介と弥生は顧問からの話を伝えるべく、出入口の前で雑談をしている男子部員二人と、射場のモップがけを終えた佑奈に集合をかけた。

今日は久しぶりに、幽霊部員を除く二年生が全員参加している。いつもの学校生活が戻ってきたのだと、改めて実感が湧いてきた。

涼介は顧問から渡された一枚の用紙をリュックから取り出し、ペンケースの中からボールペンを探して掴み取る。ヘッド部分をカチカチと何度も押したい衝動を堪え、手に馴染んで書き心地もよい、お気に入りのボールペンを握り締めた。

早速なんだけど……と、弥生が話を切り出す。

「部活動紹介でデモする二人は、誰がいいかな？　的中率いい人が出たらいいかなぁと、私は思うんだけど……」

今いる全員で輪になって座り、話を切り出した弥生の隣で、涼介は部員達の顔を見渡した。反応は予想どおり。あからさまに顔を背ける佑奈と、互いに目配せし、すでに意見を擦り合わせていたであろう男子二人。

男子部員の一人——奥田達哉が、スッとキレイに挙手をした。

「男子は、涼介がいいと思います！」

「なんでだよ」

間髪を入れずに言い返し、涼介は心の底から嫌そうな表情を浮かべる。

大勢の前に出るのは、あまり好きではない。どちらかと言えば、抵抗がある。だから可能であれば、涼介以外の男子二人、どちらかにしてほしかった。

「俺の的中率って、ムラがあるもん。達哉が出ればいいじゃん！　個人戦で上位の常連なんだからさぁ……。ねぇ、頼むよ〜」

下手に出て懇願する涼介に、なに言ってんだ、と達哉から反論が上がる。

「お前は、自分の価値を分かってない」

「は？」

価値って？　と眉根を寄せる涼介に、右隣に座っているメガネをかけた男子部員――吾妻聡史が、分かってないなぁと言いながら、ガッと勢いよく肩を組んできた。

あまりの勢いに、涼介は少しバランスを崩しかける。

「涼介は、自分の顔の造形を把握していないのかい？」

頭にクエスチョンマークを浮かべていると、達哉も涼介の左隣にやって来て肩に腕を回す。聡史と達哉が二人して体重をかけるものだから、首がズシリと重たくなり、本格的な前のめりになってしまった。まるで内緒話でもしているかのように、聡史と達哉の顔が近い。

達哉が、今さらだけどね……と、男子三人にしか聞こえない声量で囁いた。

「世間一般的に見て、涼介の顔は、イケメンの部類に組み込まれてるわけだ」

「イケメンが嫌いな女子っていないくね？」

聡史と達哉の声は、蚊の鳴くように小さい。つられて涼介も、必要以上に声が小さくなった。

「それは、つまり……？」

嫌な予感が、涼介の頭をよぎる。

達哉が涼介の耳元に唇を寄せ、弥生と佑奈にも聞こえる声量で宣告した。

「客寄せパンダになれって言ってんの！」

思いやりの欠片もない声の大きさに、耳がキーンとする。近すぎる達哉の顔を押し退け、涼介は不満の声を上げた。

「俺ヤダよ！」

客寄せパンダになんか、なりたくない。

各部に割り当てられている紹介時間の関係で、射ることができる矢の本数は一人二本まで。二本とも、的に命中しなかったら、嘲笑を誘うに違いない。当たらない自信があるのに、わざわざ恥を晒しに出たくなどないに決まっている。

それに、部長は涼介だが、部内のエースは達哉なのだ。射型は常に安定していて、的中率も八割以上。次いで、的中率がいいのは聡史だ。団体戦では、的中率にムラのある涼介が足を引っ張っているといっても過言ではない。

「聡史は？　俺より的中率いいじゃん！」

あのな……と諭すように言いながら、聡史は鼻からズレ落ちたメガネを押し上げ、懇願する涼介の両肩にポンと手を置いた。

「そりゃ、的には当たってたほうがいいよ。でもさ、見てる側は……残念かな。きっと、的中なんて少ししか望んでないの」

達哉は聡史の隣に並び、とつとつと語り始める。

「いいか？　顔面偏差値平均のヤツが前に出て的に当てるのと、顔面偏差値高いヤツが前に出て的から外すの。どっちが盛り上がるか想像してみ？」

「そんなの、的に当たったほうがキャーッてなるに決まってんじゃん」

当たり前すぎて、想像するまでもない。

涼介の返答に、聡史と達哉は「分かってないな〜」と声を揃えた。

「イケメンは存在するだけで目の保養よ？　男からしてみりゃ、イケメンなのに上手くいかないって好感度上がるべ？　そんで女子からしてみれば、イケメンが見られたんだから、的に当たろうが当たるまいが、どっちでもいいんだよ」

「男子の見学者と女子の見学者。両方を勝ち取るためには、デモンストレーションする男子部員は涼介しかいない！」

どや！　と、聡史と達哉は、涼介を言いくるめたとばかりに得意気な表情を浮かべている。これ以上の名案は存在しないとでもいうように、根拠のない自信を前面に押し出していた。

「なんか……体(てい)よく押しつけてない？」

ゲンナリしている涼介に、聡史はメガネをクイッと押し上げつつ、断言する。

「押しつけるだなんて、そんなことはない。断じてない！」

そうだよ、と達哉も聡史の肩を持つ。

「涼介だって、調子がいい時は的中率いいじゃん？　こうさ、いい感じに照準合わせて、波を持っていくんだよ」

「そんなこと言ったって……」

それが上手くいかないから、大会の結果が散々になってしまうのだ。

「俺と聡史が涼介に頼みたいって言ってんだから、多数決で決定なの！」

「え～マジかよぉ……」

ここまで二人に結束されては、牙城を崩すことは難しい。涼介は渋々、部活動紹介でデモンストレーションすることを承諾した。

「女子は、どっちがするの？」

どんよりと暗い空気をまとう涼介からの問いかけに、弥生が小さく手を挙げる。

「私は、やってもいいよ。佑奈は、どう？　やりたい？」

弥生が話しかけているのに、佑奈からの返事はない。

「小野柄さん？」

どうしたのだろうと、涼介も気になって佑奈に目を向けた。佑奈はボーッと、心ここに在らずといった感じで、どこか一点を見詰めている。

今日は部活に来た時から、ずっと上の空だったように思う。

弓を引き分けている最中や、会に入る直前に弦から筈（はず）が外れ、失矢（しっや）になってしまう本数も多かった。普段の佑奈では、あまりありえない失敗だ。

「佑奈?」

弥生が、ソッと佑奈の肩に触れる。すると、意識が突然現実に引き戻されたかのように、佑奈はビクリと肩を揺らし、驚いたように目を見開いた。弥生は心配そうに、佑奈の顔を覗き込む。

「ねぇ、どうしたの?」

心配する弥生に、佑奈は引きつった笑みを浮かべた。

「あ、あぁ……ごめん。ちょっと、なにも考えてなかった」

「珍しいね。ボーッとして」

おもむろに、弥生が佑奈の額に手を当てる。自分の額と交互に触り、体調が悪くて発熱していないか、体温を比較した。

「大丈夫だよ、弥生ちゃん。それで、ごめん……なんの話だったっけ?」

佑奈に手を退けられながら、弥生は簡単な説明を交え、意見を伺う。

「部活動紹介のデモンストレーション。男子は涼介君なんだけど、女子は私と佑奈のどっちがする?」

「それは、弥生ちゃんがいいよ」

佑奈は少しも迷うことなく、女子部長である弥生を推した。

ボールペンのヘッド部分をカチッと押し、涼介はデモンストレーションをする人物を記入する欄を確認する。漢字を書き間違えないように、自分と弥生の名前を記入した。あと残るは、部活動紹介の原稿を読み上げる人物だけ。

「じゃあ……紹介原稿を読むのは、小野柄さんにお願いしていい？」

涼介の提案に、佑奈はギョッとする。

「え？　なんで？　吾妻君と奥田君は？」

「俺達より小野柄さんが適任だよ」

「そうそう。声は可愛いし、喋り方も聞き取りやすい。天才的だね！」

褒めちぎる聡史と達哉に、佑奈の顔がポシュッと一気に赤くなる。

「も～！　お世辞はやめて」

恥ずかしさを隠すように、佑奈は不機嫌を装った。しかし達哉は、大きな手振りと身振りで「お世辞なんかじゃないよ！」と舞台俳優のように語りかける。

「心の底から、そう思っているんだから。紛れもない本心さ」

達哉の演技じみた物言いに、佑奈は「ぅぐッ」と唇を軽く引き結ぶ。達哉の言葉を素直に信じていいのか、図りあぐねているのだろう。

悩む佑奈に、弥生が語りかけた。

「私も、紹介文を読むのは、佑奈がいいと思う。奥田君と吾妻君の言うとおりだもん」

「お願いできないかな？　小野柄さん」

ここぞとばかりに、涼介も援護する。

佑奈の瞳が揺らぎ、視線を逸らしたまま、パチパチと瞬きを繰り返す。受けるべきか、真剣に悩んでいるみたいだ。

涼介の知る佑奈は、どちらかと言えば引っ込み思案なきらいがある。新一年生の前で喋るのには、とても勇気が必要だろう。今の涼介も、部活動紹介でデモンストレーションをする羽目になり、胃が痛むくらい緊張している。

弓道の大会だって、出なければならないから出場しているけれど、そうでないのなら出たくない。

弓道の団体戦は、三人から出場できる。人数が多いところでは、五人で一チームとして出場することがほとんどだ。けれど、二つ上の代が引退したあとの涼介達は、三人だけ。稀に三人立ちの団体戦のみを行っている大会もあるが、新人戦などの大会では五人立ちがスタンダードだ。

三人しか男子部員がいない涼介達は、スタートから、かなり不利なのである。そして女子に至っては、まともに弓が引ける女子部員は弥生と佑奈の二人しかいないから、団体戦には出場できないでいた。

　学生弓道では、基本的に的中制という競技方法が用いられる。直径一尺二寸——三十六センチの的の中に、四本射た内の何本が的中するか。その本数が競われるのだ。三人全員が皆中すれば、十二本。運がよければ、決勝まで残ることは不可能ではない。でも、決勝に残るような強豪は、五人全員が皆中する猛者の集まり。

　涼介にとって、三人で出場する団体戦は、参加したことに意義がある、という奨励賞や参加賞のような感じで、少しの寂しさと虚しさを孕んでいた。

　佑奈が、意を決したように拳を握る。どうやら、覚悟を決めてくれたみたいだ。

「分かった……やってみる。みんなから頼まれたなら、断れないよ」

「ありがと！　じゃあ、頼んだよ？」

　弥生が最終的な意思の確認を行うと、佑奈は力強くコクリと頷いた。

「よし、決まり！　ありがとね、小野柄さん！」

「じゃ、役目がない俺達は早々に帰宅すんぜ！」

　言うが早いか、聡史と達哉は足元に置いていたカバンを掴み、「そいじゃあ、お疲れっしたー！」と手を振って涼介達の視界から消えていく。無駄のない動きに呆気に取られ、その場に取り残された三人は、引き止めることもできずに二人の背中を見送ってしまった。

「あ、ちょっと！」

ようやく事態を把握して、引き止めようと言葉を発した弥生の声が虚しく消えていく。涼介は苦笑を浮かべながら、ボールペンを握っている手でこめかみを掻いた。

「やっぱり……あいつら、押しつけやがったな」

「まぁ、仕方ないよ。さっ、これから少し練習しようか？」

部活動紹介もうすぐだし……と、弥生は諦めたように肩を落とす。

佑奈はなにを思っているのか、ただ黙って、聡史と達哉が消えた弓道場の出入口を眺め続けていた。

部活動紹介の日は、体育館の中に安土代わりの畳を運び込んで壁に立て掛け、その畳に的を設置してデモンストレーションを行う。

いつもは約二十八メートル先に設置されている的を狙うが、デモンストレーションの時は見学している新入生や教員達の安全に配慮し、射位から的までの距離を短くすることが弓道部の慣例となっていた。

弓を構えて射る位置から的までの距離が違えば、狙いを定める高さも普段とは違う。この違いを把握しておくため、デモンストレーション用にきちんと練習をしなければ、感覚が掴めずに的中は望み薄となってしまうのだ。

練習で使うための畳を運ぶため、涼介と共に弓道場に残った佑奈と弥生は、二人で看的室にやってきた。

丸とバツで矢の当たり外れを表示する看的室は、的場の真横に設置されている。安土の整備で使う竹箒やコテ、片付けて積み重ねられている的が置かれているこの場所に、練習で使うための畳が壁に立て掛けてあった。

この畳を佑奈が部活で使用したのは、入部してすぐの頃。徒手を覚え、弓の素引ができるようになり、実際に棒矢を番えて矢を放つ感覚を掴む練習をする時だった。

巻藁で射つ時と同じ距離間隔を弓で測り、共用の棒矢を番えて弓を引く。素引では難無く引き分けられていたのに、ただ矢を番えるだけで、引き分ける際の軸のブレが顕になってしまったことに驚いた記憶が蘇ってきた。

（懐かしい……）

油性ペンで、的と同じ大きさの円を描いた畳には、棒矢の先が刺さった穴がいくつも開いている。この畳は、新入部員達の初めてを何度も受けてきた功労者だ。

「ちょっと埃が被ってるかな？」

畳の表面を手で払いながら、ポツリと弥生が呟いた。いつもどおりを意識して、そうだね、と佑奈も答える。

「ビニールかブルーシートか、そんなので包んどけばよかったかもね」

看的室から外に運び出そうと、佑奈は畳の縁を掴んだ。反対側を持ってくれるものだと思い込んでいたのに、弥生は畳に手を当てたまま動かない。

「弥生ちゃん?」

不思議に思って声をかけると、弥生は黙ったまま、黒い瞳に佑奈を映した。

弥生の表情は、普段から見せてくれている穏やかで快活なものではない。どこか不安そうで、言いようのない怒りを内包しているような、感情を押し殺している表情。

佑奈には、なんで弥生がそんな表情を浮かべているのか、全く理由が分からない。

どこか具合が悪いのか、本当は部活動紹介でデモンストレーションをしたくなかったのか。佑奈と行動を共にする中で、なにか気に食わないことがあったのかもしれない。

ズシリと、胃に重みが生じる。キュッと掴まれたように縮む胃が、佑奈の感じているストレス度合いを計測するメーターの役割を担っていた。

今の痛みは、ほぼマックス。

一緒にいる人の雰囲気が突然ガラリと変わってしまうと、嫌な記憶が呼び起こされてしまうのだ。

忘れたいのに、脳の中にある引き出しが、その時の記憶を鮮明に甦らせる。

ほんの数秒前まで機嫌がよかったはずなのに、なんの前触れもなく怒声を発し、鬼のような形相を浮かべた父の姿。家の中に響き渡る、皿や茶碗、コップが割れる音。

母の悲鳴と、懇願する甲高く震えた声。父の口から発せられた罵詈雑言。頬にくらった衝撃と、全身を打ちつけた痛み。頭からタラリと流れた温かい血液。

そう……一人娘の、佑奈に向けて初めてふるわれた父からの暴力が、砕け散る寸前のガラスみたいに、細かな亀裂が入っていた家族仲に止(とど)めを刺す一撃となってしまったのだ。

これが、佑奈と……佑奈の両親に訪れた分岐点。

けれど、遅かれ早かれ、この結果になっていたのではないかと佑奈は思う。

機嫌がいい時の父は優しいけれど、そうでない時の父には、機嫌を損ねないように神経を研ぎ澄ませて接しなければならなかったから。常日頃から、父のまとう空気を読んで、機嫌を損ねないように立ち回っていたのだ。

だから今も、そういう空気を察知することには長けている。

どこか不機嫌そうな今の弥生の姿は、なにが地雷で不機嫌となったのか、母にも佑奈にも特定が難しかったあの日の……急に機嫌が悪くなってしまった父の姿と重なってしまう。

弥生をそんなふうにしてしまった原因が、今日先ほどまでのどこかにあるはずだ。

どこで立ち回りを間違ったのか。相手の起こしたアクションに対して、なにか取りこぼしてしまったものがあったのではないかと、何通りもの《もしかして》が頭の中を巡る。不安と焦燥感が、恐れの感情と共に押し寄せてきた。

弥生の唇が、ゆるりと動く。

「ねぇ佑奈……なにかあった？」

ドクリと、弥生から発せられた言葉に心臓が鼓動を強くする。

「なんか、佑奈の雰囲気？　こう、ドヨ～ンとしてるっていうか」

弥生はオロオロと挙動不審な動きをしながら、不確かな感覚を言葉にしていく。左右に広げた手を上から下にヒラヒラと動かして、オーラや雰囲気のようなものを表現しようと試みているのだろう。四苦八苦している様子に、佑奈は少し拍子抜けした。

「あぁ、なんだ……そんなことか」

佑奈が弥生の気に障るようなことをしたのではないことが分かり、密かに胸を撫で下ろす。弥生の雰囲気が変わった原因も分かって、胃の痛みはスゥッと消えた。

弥生が心配してくれた、佑奈のまとう空気が重たい理由に、心当たりはもちろんある。さっき目にしてしまった……否定的な要素を含む、アカウントのコメントだ。

でも、そんな理由を語りたくない。言葉を濁して、弥生からの追及を凌げるだろうか。世話焼き気質な弥生だから、なんとかして口を割らそうとしてくるかもしれない。

（あぁ……どうしよう）

なにか、真っ当な理由が思い浮かばないだろうか。

逡巡している佑奈の頭に、弥生がポンと手を置く。そして、そのままギュッと抱き締められた。

「一人で抱え込むのは、よくないよ。私は、いつもの佑奈でいてほしいの。だから……私でよければ、話してみなよ」

「うん……ごめんね」

案じてくれる気持ちは嬉しいけれど、弥生に言うわけにはいかない。

絶対に、裏の佑奈を知られたくないから。

「ねぇ。もしかして、スマホで使ってるアプリ……SNSとかのトラブルが原因？」

「えっ？」

突然聞こえてきた声に驚き、佑奈が顔を上げれば、看的室の出入口から涼介が姿を現した。

「な、なんで？」

平常心を装いながら問うと、涼介は気まずそうに視線を泳がせた。

「や……その、見るつもりじゃなかったんだけど、カバンからスマホが出てるの見えちゃって。もしかしたら、そういうんじゃないかな〜っていう憶測なんだけど」

「あ……」

きちんとカバンのファスナーを閉めておけばよかった。後悔先に立たず。見られてしまっては、言い逃れができない。

「小野柄さん……いつから、スマホ持ってたの？」

神妙な表情を浮かべている涼介に、佑奈ではなく、抱擁を解いた弥生が答えた。

「春休み中には持ってたよね？」

「えっ、そうだけど……。なんで……弥生ちゃん、知ってるの？」

隠していたのに。なぜ弥生にバレてしまったのか。

動揺が隠せない佑奈に、弥生は笑ってみせた。

「だって佑奈、隠すの下手だもん」

「……そっ、か」

同調して納得してみたものの、弥生の答えが、少し腑に落ちない。けれど、まさかスマートフォンを持っていることがバレていただなんて……。なんだか、気づかれないようにと隠していたのがバカみたいだ。一気に、気が抜けてしまった。

言い訳がましくなるけれど、涼介と弥生に、持っていた理由を説明することにした。

「あのっ、あのね。スマホは……月に一回しか会えないお父さんが、私と直接やり取りしたいからって、持たせてくれたの。それで……」

それで？　どこから、どこまで話す？　言っても、解決策なんてないだろうに。

言葉に詰まると、弥生が顔を覗き込んできた。

「ねぇ、佑奈……よかったら、話してくれないかな？　力になれるか分からないけど」

「そうだね。三人寄れば文殊の知恵って言うし……。一人で抱え込むより、心の負担は軽減するんじゃないかな？」

涼介の浮かべている笑みが、泣きそうなくらい優しい。

（この笑い方……好きだな）

心を落ち着かせてくれるような、慈愛の眼差し。同級生なのに、なんでこんな、大人みたいな表情ができるのだろう。

不意に芽生えてしまったときめきに、胸が高鳴る。佑奈の心臓は、先ほどとは違った理由でドキドキし始めた。

畳を運ぶことを後回しにし、佑奈は弥生と涼介と共に、カバンを置いている道場の中に戻ってきた。

中途半端に閉められているカバンのファスナー。涼介が言っていたとおり、スマートフォンがチラリと顔を覗かせている。

杜撰（ずさん）というか、ズボラというか、脇が甘いというか。気づかれないように注意していたはずなのに、なんでこんな雑な扱いをしてしまったのだろう。

（そうか……直前に見た、コメントのせいかも）

動揺してしまって、思考が甘くなっていたのかもしれない。

カバンからスマートフォンを取り出し、ロックを解除する。お知らせの通知を確認するが、いつものアカウントからコメントが書き込まれたという表示はなかった。

それだけで、心が少し軽くなる。

（さて……どうやって話したら、角が立たないかな）

弥生は、佑奈がスマートフォンを持っていることを知っていた。佑奈が言わなかったから、きっと弥生は見て見ぬフリをしてくれていたのだと思う。いつかは、佑奈から話してくれるだろうと、信じてくれていたのかもしれない。

でも佑奈は、その期待を裏切っていた。まるで大きな罪であるかのように、黙っていたことが、とても後ろめたい。だけど、その後ろめたさを払拭するために、全てをさらけ出すのは違うと思う。

（これ……どこまで、見せたらいいのかな）

佑奈が密かに呟いていた、胸の内を。

SNSのアプリを起動させ、自分の投稿を遡る。いつものアカウントがコメントをしていて、なおかつ、弥生と涼介に見られても当たり障りのない内容。

（見せられるヤツが、ない……）

心のままに呟きを投稿しまくっていたから、胸の内が赤裸々でダダ漏れだ。食べた物。キレイだと思った景色。母への愚痴。不満。劣等感。恋心。いつもの佑奈と、リアルには見せたくない佑奈が混在している。

恥ずかしくて、対面では見せられたもんじゃない。

嫌なコメントを投稿してくるアカウントのアイコンをタップし、相手のアカウントページを表示させる。主だった投稿はなく、表示されるのは懸賞系のリツイートばかり。アイコンも風景写真の一部を切り取ったもので、個人的な発信はなく、性別さえも分からない。

佑奈は迷いに迷って、お腹空いた……とだけ投稿したものについたコメントを表示させた。

――そんなことわざわざ呟く必要ある？

――かまってちゃん乙

これだけを見せたら、たったこれだけのこと、と受け止められてしまわないだろうか。些細な内容でも、積み重なれば重荷になる。塵も積もれば山となり、小さな蓄積が心を蝕み病ませていく。

（見せるのは、やめよう……）

見せなくても、話はできるはずだ。

ホーム画面に戻り、ディスプレイを暗くする。スマートフォンをカバンの奥底にしまい込み、今度こそ、きちんと最後までファスナーを閉めた。心配そうな弥生と、腕組みをして壁に背中を預けている涼介に向き直る。

「えっとね。お父さんに勧められたのと、興味があったからって理由で、SNSに登録したのね。そしたら、ちょっと……嫌な気持ちになるコメントが、毎回つくようになっちゃって」

「どんなコメント?」

案の定、コメントの内容を確認したい弥生から、見てもいい? と打診された。どうしよう、嫌だな、という気持ちが強くなる。

「あ、無理にとは言わないよ。見せたくない内容とかあるだろうし、無理はなしで!」

慌てて取り繕った弥生の反応で、佑奈の気持ちが漏れ出ていたと気づく。心で思ったことが、表情に出てしまっていたみたいだ。

(嫌な子って、思われちゃったかな……)

やはり、見せたほうがいいのかもしれない。

スマートフォンをしまったばかりのカバンに手を伸ばそうとした瞬間、涼介が「アカウントのブロックはできないの?」と口を開いた。

画面を表示させなくても話が進むようにと、涼介が出してくれた助け舟。伝えていないのに、佑奈の気持ちを察してくれた。悟ってくれた喜びで、緩みそうな頬。足がフワフワとして、浮かび上がりそうだ。涼介の配慮が、とても嬉しい。ありがたく、涼介が出してくれた助け舟に乗ることにした。

「えっと……また新しくアカウントを作って、わざわざコメントしに来るの」

「はぁ？　なにそれ。暇人かよ」

「まぁ、いろんな人がいるわよね」

涼介は眉を歪め、弥生は諦めたように肩を竦める。二人とも全力で、嫌なコメントをしてくる相手に対し、嫌悪を表していた。

「じゃあ、小野柄さんがアカウントを新しくするのは？」

「それも考えたんだけど、今ある繋がりを断ちたくなくて……。害があるのは、そのコメントをしてくる人だけで、あとのフォロワーさん達は親身になってくれるいい人ばかりなの」

思っていたことが、すんなり言葉として出てくる。独り悶々と悩んでいた内容を口にすると、改めて嫌なコメントをしてくるアカウントの主が憎らしく思えてきた。

「運営に報告は？」

「審査されても、時間がかかっちゃうんじゃないかな？」

弥生が涼介の問いに答えると、涼介は「面倒だなぁ」と顔をしかめる。

「八方塞がりか」

「でも、そういうトラブルに巻き込まれてるなら、大人の力も頼ったほうがいいんじゃないの？　中学生の手には負えない状況になってからじゃ、そっちのほうが困るよ」

毒づく涼介に、打開策を提案してくれる弥生。たとえ解決できなくても、こうして話ができるだけで、幾分心が楽になったような気もする。落ち込んで憂鬱になっていたけれど、今みたいに時々話ができるようになったなら、なんとか受け流していけそうだ。

佑奈は、ありがとう、と二人に告げた。

「コメントは、見なければいいだけだし。反応しなかったら、そのうち飽きるんじゃないかなぁとも思ってて。ごめんね、心配させちゃって」

「っ～佑奈ぁ！」

感極まったように、弥生が佑奈を再び抱き締める。腕の力が強くて、少し痛いくらいだ。

「我慢しないで、なんでも私に話すのよ！」

「うん、頼りにしてる」

佑奈も弥生の体に腕を回し、ギュッと抱き締め返した。

涼介がおもむろに、小学校低学年くらいの頃にさ……と話しだす。

「俺の叔父さんが、言葉には魂が宿るっていう話をしてくれたことがあるんだ」

「言葉に、魂？」

弥生は涼介のほうを向き、不思議そうに小首を傾げる。佑奈も抱擁を解いて顔を向けると、涼介は微笑ましいものを見るように、穏やかな笑みを浮かべていた。

「うん。言霊って言うんだけど、知ってる？」

「聞いたことならあるよ」

佑奈は？　と弥生に問われ、頭を横に振る。言霊。初めて耳にした単語。

「そういう思想……俺は信じるほうなんだけど、二人は？」

「私は、信じるほうだよ」

「私は……どっちでもないかなぁ」

弥生は信じると答えたけれど、佑奈は少し疑心暗鬼だ。

「どっちでもないなら、試しに、言霊の力に頼ってみない？」

実験結果を楽しみにしている研究者のように、涼介の瞳がキラリと輝く。佑奈と弥生は顔を見合わせ、プッと吹き出した。

「涼介君が、そういうのに興味あったなんて意外～」

弥生がケラケラ笑うと、涼介は少し不機嫌になる。

「なんだよ、意外って……」

「だって、ねえ？」

同意を求められ、佑奈もコクリと頷く。弥生が言うように、意外だった。そういった方面には全く興味がなく、どちらかと言えば科学的で、幽霊なんて信じないというタイプだと勝手に思っていたから。けれど、涼介が言うのなら試してみよう、という気持ちになってきているのも事実。好きな人が言うなら……という、単純な動機だ。

涼介の提案に、乗っかることにした。

「言霊の力に頼るって、どうやるの？」

実践してみようにも、方法が分からない。涼介自身もやり方が分からないようで、そうだなぁ……と呟きながら、腕を組んで首を傾げた。

「アンチコメントがなくなってよかった、って感じの言葉を言ってみるのはどうかな？　と」

「ホントに、それでなくなったらいいな……」

言うだけで叶うのなら、苦労はない。たったそれだけでいいのなら、世の中の全てが上手くいくだろう。

卑屈に思考が傾いていると、涼介が「小野柄さん」と佑奈を呼んだ。

「信じることから始まるって言うだろ？　不安に押し潰されそうな時とか、その不安を打ち消すような言葉を口にするだけでも気持ちが上向きになるし、少しでも前向きになる手助けになるんじゃないかな」

涼介の優しさが、じんわりと心に沁みる。

女子には比較的塩対応な涼介なのに、親身になってくれていることが、特別感のように思えてしまう。こんな時なのに、嬉しさが込み上げてきてしまった。顔が熱っぽいのは、気のせいではない。ニヤけてしまう表情を隠すべく、不自然にならないように気をつけながら、両手で顔を覆った。

泣いていると勘違いしたのか、弥生が三度ギュッと抱き締めてくれる。

人の温もりが、心地いい。弥生の肩に頭を預け、回された腕に手を添えた。

「ありがとう。希望を持つことに少し疲れていたけど、嫌なコメントが来なくなったって、口に出して言ってみるようにするよ」

期待するだけ、叶わなかった時はツラいだろう。だけど今は、せっかく励ましてもらったのだから、善意を受け取った時の模範解答を口にした。

社交辞令でも、佑奈が肯定的に捉えた返事をすることで、アドバイスをしてくれた相手の機嫌がいいのなら……それでいい。無駄な波風は立てないに限る。好きな人からのアドバイスなら、なおのこと。

抱き締めてくれる弥生の腕の中で、どこか嬉しそうに微笑んでいる涼介を盗み見ながら、佑奈は胸をときめかせ続けていた。

部活動紹介に向けての練習を軽く一時間ほど行い、女子部員二人と解散した涼介は、自分の家には帰らずに志生のところへと足を運んだ。

玄関前の庭には、志生が使っている車と、もう一台。涼介が、今もっとも会いたくない女性が所有している車が停まっている。

鍵のかかっていない玄関を開けると、三和土(たたき)には見慣れた女性物の靴。腹を括り、こんちわ~と家の奥に向かって声をかける。しばらくして、どうぞーという志生からの返事が聞こえてきた。靴を脱いで、いつもの居間へと向かう。襖を開けると、半分に折った座布団を枕にしてスマートフォンを操作している律の姿があった。

学校で会った時のようなロングヘアではなく、いつものショートヘアに戻っている。寛ぐ姿は、まるで自室にいるかのようだ。

律の視線がわずかに動き、涼介の姿を捉える。スマートフォンを伏せて畳の上に置き、左肘を突いて体を涼介のほうへ向けた律は、面白いオモチャを見つけた時のような笑みを浮かべた。

「あらぁ、ラッキースケベ君のお帰りだわ~」

「や、ちょっと！　あれは不可抗力だよ……」

胸の弾力が思い起こされ、思わず赤面する。勘弁してくれ、と涼介は項垂れた。

「なんでも、律さんの胸に飛び込んだそうじゃないか。いい度胸をしているな」

涼介の後ろに立った和服姿の志生が、さらなる追い打ちをかけてくる。涼介はムッとむくれ、早く入れと肘で涼介を押す志生をジロリと睨めつけた。

「なんで叔父さんが知ってんの？」

「律さんの、開口一番に出てきた話題がそれだった」

「第二次性徴期の間に、律さんの身長、絶対に追い抜いてやる……」

ブツブツと小声でぼやきつつ、涼介は背負っていたリュックを下ろして部屋の隅っこに置く。律から少しでも離れたくて、座卓の一番遠い位置に腰を下ろした。

盆に飲み物を載せていた志生は襖を閉め、茶托に載る三人分の湯呑みを手際よく座卓の上に置いていく。湯気が立ち上っているから、なにか温かい飲み物なのだろう。

律が上座で、志生は律の向かい側に座り、涼介は下座からさらに離れた遠い位置に座っている。この距離が、現在この部屋の力関係そのものを表しているかもしれない。

「って言うか、律さん。なんで言ってくれなかったの？　ビックリするじゃん」

恨みがましく文句を垂れれば、律は片方の口角をニッと引き上げた。

「だって、ビックリさせようとしてたんだもの。それなのに、わざわざ言うバカがどこにいるってのよ」

「やっぱり……。そんなことだろうとは思ったけどさぁ」

心の準備をする期間を与えてくれてもいいだろうに。おかげで、着任式以降、涼介のメンタルは散々だ。

「学校での髪は、ウィッグだよね。なんで変装してんの？」

名前と声を聞かなければ、涼介が知る律と同一人物であると、確証が持てないくらい別人に見えた。擦れ違った程度では、熱くて持てない湯呑みと格闘している今の律と、スクールカウンセラーとして白衣をまとう律は結びつかない。それくらい、受ける印象が違っている。

「ふふっ。だって黒髪ロングの律さんは、とても真面目っぽいでしょ？」

湯呑みにフーフーと息を吹きかけながら、ウフフと楽しそうに律は笑う。ハハッという乾いた笑いと共に、涼介は半眼になった。

「真面目って言うか、魔性って言うか……」

「色気がダダ漏れなのは、しょうがないわよね。だって私だもの」

律が言うと、全然嫌味に聞こえないから不思議だ。

「そうやって認めちゃうとこ、ホント尊敬するよ」

「自分が肯定してやんなきゃ、誰もしてくんないわよ～」

律は答えながら指先を湯呑みに添え、慎重に持ち上げて唇を寄せる。ズッと小さな音を立て、湯呑みの中の液体を啜った。味と香りを楽しみ、満足そうに「ほふぅ」と息を吐く。美味しそうに飲む律を見ていると、涼介も喉が渇いてきた。律さん自己愛強すぎじゃない？　と軽口を叩きながら、湯呑みを引き寄せる。

強すぎないわよ〜と反論しつつ、律は湯呑みの縁に付着した口紅を指先でスッと拭い取った。

「他人に迷惑をかけない程度の自己愛は、持ってたほうがいいじゃない？　自分が自分を諦めたら、そこで終わっちゃうわ。自分を傷つけるのも自分なら、自分の傷を癒して前を向かせてくれるのも自分なのよ。時間が解決してくれるなんて、ホントにあると思う？　時間が経過しても、癒えない傷はあるの。劣等感となって、いつまでも粘着質にまとわりつくわ」

涼介は自分に用意された湯呑みの温度を確認しつつ、自論を展開する律に険しい表情を向ける。

「だからって、それは意見の押しつけだよ」

否定的な涼介に、律は頬杖を突きながら、わずかに身を乗り出す。

「涼介。アンタ、自分のこと好き？」

「好きじゃないよ」

少しの迷いもなく答えれば、ハンッと鼻で笑われた。

「ダサい男ね」

律のひと言に、涼介の頭にはカッと血が上る。

「なんでだよ！　自分のことが好きとか、ナルシストじゃん。気持ち悪い」

「自分を好きじゃないと答えることが、カッコイイとか思ってる？」

少しだけ語気を強めた律に、涼介は気圧された。ナルシストはまだしも、気持ち悪いは言いすぎたかもしれない。少しだけ、罪悪感と後悔の念が芽生えた。

「そういうわけじゃないけど……」

ボソボソと言い訳がましい涼介を呆れたように一瞥し、律は「ねぇ」と志生を呼んだ。

「志生君は、自分のこと好き？」

律に話を振られ、志生は「僕ですか？」と面倒くさそうに応じた。

「僕は自分を甘やかす天才ですよ。中学生の青二才と一緒にしないでいただきたい」

無駄に堂々としている。ハハッと律は楽し気に笑い、志生を指差しながら涼介に顔を向けた。

「ほら、こっちのほうが断然カッコイイ」

「そうかなぁ？」

堂々と答えられるのは羨ましいと思うけれど、こんなふうにはなれない。

「俺と律さんと叔父さんの、価値観の相違だよ」

「も〜涼介ったら、可愛くなーい」

律はプゥと片方の頬を膨らませ、座卓の上に組んだ腕を乗せる。少し身を乗り出しているから、大きな乳房がいつも以上に谷間を強調してきた。

目のやり場に困り、涼介は顔を背ける。

「中学生の青二才は、思春期で反抗期なの。律さんと知り合いってバレたら面倒だから、校内で見かけても絶対に声かけないでよ！　今日みたいに、他人のフリを続けてください」

「休み時間に、人目を忍んで遊びに来てくれないの？」

不満そうな律に、行かない！　と涼介は断言した。

「え〜！　なんでぇ？　志生く〜ん、涼介が冷たい」

「まぁ、涼介の気持ちは十分に理解ができて同情できるので、僕はなにも言いません」

志生は我関せずの姿勢を貫くつもりらしい。涼介にとっては、志生がどちらにも加勢しなかったことがありがたかった。

そもそもさ、と話題を切り替えにかかる。

「律さんって、本業どっちなの？」

呪術師とスクールカウンセラー。どちらの顔が本来の律なのか。出会ってから今日までずっと、涼介にとって律は呪術師だった。唯我独尊で傍若無人。自己中のように振舞っているのに、面倒見がいい。矛盾ばかりの天才呪術師。

スクールカウンセラーとしての律は知らない。普通の仕事をしている姿が、全くもって想像できないでいた。

律は両手で湯呑みを持ち、ゆっくり口をつけると、静かに傾ける。コクリと、少しだけ喉が鳴った。

「どっちも、本業よ。ちゃんと大学院まで出て臨床心理士の資格取ってるし、修行もして完璧なパフォーマンスができるように鍛えてんだから」

プロ根性、といったところだろうか。なんだかんだで、律は尊敬できる大人の一人なのだ。

「それで、涼介。今日は、どうした？」

志生に尋ねられ、涼介は部活帰りに立ち寄った用事を思い出した。

「叔父さんって、ネット関係強い？」

「いいや。人並み程度だ」

「なにかあったの？」

我関せずだと思っていたが、律も興味を示す。

実は……と、今日の部活で聞いた佑奈の話を掻い摘んで説明することにした。

「同じ部活の子が、ＳＮＳの悪質なコメントに悩まされてるみたいでさ」

「あら。ネットトラブルってヤツ？」

「うん……」

志生は着物の袖の中に腕を通して組み、小さく唸る。

「その子は、親御さんに相談してみたのかい？」

「親が離婚してる子なんだよね。離れて暮らすお父さんから渡されたスマホなんだけど、登録したＳＮＳで、面倒な奴に執着されてるみたいで……」

どこまで個人情報を話していいのか分からないけれど、このくらいの情報は伝えないと、相談に乗るほうも困るだろう。

心ここに在らずになるくらい、部活終わりに弥生と三人で話をするまで、佑奈のまとう空気はひどく重たかった。気休めにでもなればと、志生から教えてもらった言霊のことを伝えたけれど、どこまで効果があるものか。

カタリと音を立て、律が茶托に湯呑みを戻す。

「アンタ、余計なことに首突っ込むんじゃないわよ」

突き放すような律の物言いに、涼介はカチンとした。なんでだよ！　と、興奮気味に食い下がる。

「メンタルだいぶ弱ってるみたいだし、心配じゃないか」

「アンタが手を貸して、どうにかなる問題？　具体的な行動にも移せないのに、なにかできる気になっててんじゃないわよ」

「でも！」

律も涼介も、どちらも譲らない。

水面に一石を投じるように、志生がポツリと呟いた。

「自分の無力は、認めたくないよなぁ」

志生は鼈甲縁のメガネを外して座卓の上に置くと、セットが崩れて目にかかりそうになっていた前髪を撫で上げる。

仕事とプライベートのメリハリをつけるために、一応仕事モードの時は、キープ力のあるジェルで髪型を整えるようにしているらしい。目にかかりそうな前髪はナチュラルに流れ、和装ではなくスーツを着ていれば、青年実業家のようにも見える風貌だ。

涼介が次の言葉を待っていると、志生は座卓に置いたメガネに手を伸ばした。

「力量以上は発揮できない。火事場の馬鹿力なんて言葉もあるが、マグレは期待しちゃいけないいし、頼ってもいけない。アテにしてはいけないんだ。律さんや僕の仕事は、力量を見誤ると死ぬからね。無理は禁物なんだよ。だからこそ、自らを高めていく必要がある」

　フッと息を吹きかけ、メガネのレンズに付いていた細かな埃を吹き飛ばす。レンズの裏表をチェックして、洗うほどではないと判断したのだろう。そのままメガネをかけ直した。

「お前も、助けたい気持ちがあるなら、力をつけなさい。知識でも、人脈でも、全てが財産だ」

「そうよ。使えるものは、なんでも使わないとね」

　大人二人が言うとおり、今の涼介はあまりにも無力だ。

「ってなわけで、なにもない涼介は、なにもしなくてよし！」

　律に断言されると、理解はしていても悔しい気持ちが湧いてくる。でも……と涼介は、心に燻る良心を吐露した。

「聞いた手前、なにもしないわけにはいかないよ」

　志生と律は顔を見合わせ、苦笑と諦めの表情を浮かべながら揃って嘆息する。仕方がないなぁという、律と志生の心の声が聞こえてくるようだ。

　律が湯呑みの中から、塩漬けされた桜を摘み出す。

「意外と……自分がなにかしなくても、解決しちゃったりするものよ？」

「誰かがなんとかしてくれるって？　そんな人任せにする人間になんて、俺はなりたくない」

摘み上げた桜の塩漬けを口の中にポイと放り込み、律は涼介に鋭い眼差しを向けた。

「領分を弁えろと言ってんの。病人や怪我人がいたとして、救急車は呼べるわ。でも、涼介に治療はできない。分かる？　私が言いたいのは、そういうことよ」

律が言いたいことは分かる。だけど、それが正解だとも思えない。どうしても、納得がいかないのだ。

なおも踏んぎりがつかない涼介に、志生は穏やかな口調で問いかけた。

「じゃあ、親身になって話を聞いてやれと助言したら満足か？」

涼介は言葉に詰まり、答えられない。

「その子と、お前の関係性はなんだ？」

少し苛立ちを滲ませた志生に、涼介はポツリと答える。

「同じ部活の……同級生」

「涼介自身の口から、友達とか好きな人とか彼女だとか、そんな単語が出ないのなら……その子は、お前にとって、そういう立ち位置の人間ではないということだ。涼介にも友人や親友がいるように、その子にもそういう人がいるんじゃないのか？」

涼介の頭に、心配そうに表情を歪めた弥生の顔が浮かぶ。今日も親身になって佑奈の話を聞き、懸命に励ましていた。だから、涼介の出る幕ではないと、理解はしている。だけど、聞いてしまったのだから、なにか解決の糸口になるようなものは涼介だって見つけたい。

桜の塩漬けを咀嚼し終え、再び湯呑みに手を伸ばす律が冷たく言い放つ。

「自分の頭のハエも追っ払えないのに、人の問題に首を突っ込んでる場合じゃないわね」

「なにも、そんな言い方しなくたって！」

反射的に噛みついた言い方をしてしまった涼介に、律は鼻を摘んで嫌そうに眉根を寄せた。

「気づいてない？　アンタ、臭うのよ」

「は？　オナラなんかしてないし！　口臭だっててないよ」

否定する部分が違うけれど、勢いのままに反論してしまう。

鼻息が荒い涼介に、違うよ、と志生が静かに告げた。

「涼介。お前、獣(けもの)臭いんだ」

「……獣？」

制服をクンクンと嗅いでみたけれど、汗臭くもなければ消臭スプレーの匂いしかしない。律と志生の言う獣臭さが、全く分からなかった。

来たんじゃないの？　と、律が素っ気なく呟く。

「来たって、なにが？」

嫌な予感を胸に抱きつつ、嫌悪感を前面に出して問えば、律は切れ長の目をさらに細めて涼介をその瞳に映す。紅いリップを塗った唇が、ゆっくりと動いた。

「あの、女狐が」

「……マジかよ」

いつ来たのか、見当がつかない。まるでストーカーだ。嫌な汗が、ツーゥッと背中を伝う。

「まぁ、飲みなよ」

志生に促され、涼介の前に置かれている湯呑みに目を向ける。

もう湯気を立てていない、すっかり冷めてしまった桜茶。塩漬けされたシワシワの桜が、恨みがましく湯呑みの底に沈んでいた。

六

興味のあるもの。

心理テスト。占い。相性診断。前世記憶。過去後退催眠。ニライカナイ。高天原。黄泉の国。アカシックレコード。ソウルメイト。目には見えないけれど、繋がりの確認できる世界。

そういう力はないが、憧れはある。

全身にチャクラを流して瞑想してみるとか、第三の目を開くために意識を集中させてみるだとか。死んだ人や物の怪が、目にできる日がくることを密かに望んでいた。

そういう世界に踏み込みたい。そういう世界に触れていたい。少しでも、そういう世界と身近にありたかった。

新品の消しゴムに、緑のペンで名前を記す。誰にも知られずに、好きな人の名前を書いた消しゴムを使いきったら両想いになれるという、昔からある恋まじない。

中学生になっても実践している人がいるのか疑問だけど、そんな幼稚な恋まじないを実践してでも両想いになりたい人がいる。

でも、自分からアピールする勇気はない。ただ寄り添って、意識させ、相手のほうから好きになって告白してくれるのが一番の理想だ。

自分から言う勇気がないくせに、誰かのものになってほしくないだなんて、虫がいいのは承知の上。想えば叶う。念ずれば通ず。口にすれば力が宿り、言霊となるらしい。

だから、ただひたすらに、想いを口に出して強く念じることにした。

弥生は父親名義のタブレットを手に、二階の自分の部屋へ戻ってきた。夕食も風呂も終え、あとは寝るまでのフリータイム。

休み明けのテストは終わり、残るは国語の授業で提出する読書感想文だけ。まだ書いていないけれど、四百字詰め原稿用紙に一枚しか書かないつもりだから、すぐに終わるだろう。部活動紹介の役割も決まったし、とりあえずは一段落だ。

ベッドの上に寝転がり、天井を仰ぐ。

「はぁ~すんごい一日だった……」

インパクトが一番大きかったのは、涼介と共に職員室で出会った新しいスクールカウンセラーの先生。顔もスタイルも完璧で、同級生であったなら、高嶺の花という位置に君臨していたことだろう。

心の底を見透かされているような目が、どうにも苦手な印象だ。

相談室に誘われたけれど、絶対に行くものか。

仰向けからうつ伏せに寝返りを打ち、両肘を立てて上体を起こす。タブレットのディスプレイを明るくし、ロックを解除した。

スマートフォンやノートパソコンを持つ代わりに、妥協案として使うことを許されたタブレット端末。動画を見ることはもちろんのこと、趣味のアプリも多数インストールしている。名義は父親だけど、実際の所有者は弥生だった。

ＳＮＳのアプリを開いて自分のアカウントを選択すると、タイムラインに表示された投稿を流し読む。

今日も、みんながみんな、それぞれの日常や想いを綴っている。

スクロールする指先を止め、弥生も再び、今日の出来事を思い返す。

（今日は、佑奈の状態を知ることができてよかった……）

日に日に憔悴していくから、今回は、いつもより心配してしまった。

佑奈は両親が離婚する前から落ち込みやすいところがあり、弥生が精神的な支えになってあげなければと、密かにメンタル面のサポートを担っているつもりだ。なぜなら、弥生にとって佑奈は、幼馴染で親友という関係以上に、とても大事な存在だから。

与り(あずか)知らないところで佑奈のメンタルが悪化していたら、責任を感じてしまう。

（あまり、追い込まないようにしなきゃ）

今日の様子からすると、限界も近そうだ。ひとまず、今日をきっかけに、これからいろいろと話してくれることを願うしかない。

画面に視線を落とし、いいなと思う投稿内容にハートを送っていると、不意に異臭が鼻をつく。臭いの発生源を特定しようと鼻をスンと鳴らし、部屋の中を見回した。

（なんの臭いだろう……）

オナラや排泄物の臭いではない。どちらかといえば、もっと追い求めたくなるような、癖になる臭い。汗臭さやワキガなんかの体臭とも違う。カメムシかとも思ったけれど、それとも違う気がする。

「あ……っ、肉球の臭い……かも」

室内で飼っている犬の肉球を嗅いだ時と、似たような臭いだ。ただ、それとも少し違うかもしれない。発酵した獣臭に、ツンとした少しの酸っぱさが混じっているような気もする。

どちらにしろ、動物臭い。

でも、弥生の部屋にペットの犬は入れていないし、先週の日曜日にシャンプーをしたばかり。夕飯前に嗅いだ愛犬からは、甘いシャンプーの香りが漂っていた。

考えられる可能性は、そうであってほしくないけど……。もしもの、万に一つが考えられる。それはこの部屋に、目に見えないなにかがいる、ということ。

『あぁ、いい塩梅じゃ』

耳元で聞こえた女の声に驚き、勢いよく飛び起きる。ベッドに座り、振り向いて背後を確認したけれど、なにも見えない。首筋に、ツンと鋭く尖ったなにかが触れた。

『心地よいなぁ、ほどよく荒んでいる……そなたの心』

(えっ、なに？　なになに？)

聞き間違いでも、幻聴でもない。確実に、なにかがいる。ただ、やはり姿が確認できていないから怖い。どんな姿をしているのか、なんなのか。なにも掴めないでいる。

「痛ッ」

首筋だけではなく、左の肩にも鋭く尖ったなにかが食い込んできた。

「ヤダッ、痛い！」

手で払っても、熊手のように指を曲げて力強く引っ掻いても、目に見えないなにかは消えてくれない。痛みは深まるばかりで、背中にも重みを感じ、感覚がどんどんリアルに質量を伴った現実のものとなってきている。

少し硬さのあるブラシみたいな質感の毛が、サワリと頬に触れた。次第に温かさが伝わり、犬の体に頬を寄せている時のような温もりも感じる。得体の知れない存在を確かに認識し、恐怖が弥生の全てを支配した。

『この荒み具合が、ちょうどよいわ』

おっとりとした古風な喋り口調が、より異質を際立たせる。

『この体、使わせてもらうぞ』

「ひぇッ……っあ！　ぁああッ」

なにかが、体の中に潜り込んできた。ゾクゾクと鳥肌が立ち、四肢に力が入らない。

（気持ち悪い……！）

ベッドの上に倒れ込み、抉るように入り込んでくる感覚から逃れようと、必死に藻掻く。

（使うって、なに？　どういうこと？　私、どうなっちゃうの？）

まるで箱の中に押し込められるように、自我が封じ込まれていく。弥生が、消える。

（ヤダ！　誰か、助けて……ッ）

声が出ない。自分の意思で、体も動かせない。産毛が逆立つようにゾワッとした感覚が、全身に拡がった。

「ククク……フハッハハッ！」

独りでに、今までしたことのない笑い方をする。傀儡にでもなったかのように、弥生の体が勝手に動きだした。

ベッドの上で膝立ちになると、嬉しそうに天井を仰ぐ。ゆるりと、左右の手を大きく広げた。

「やった。やったぞ」

弥生の意思とは関係なく、勝手に喋り始める口。

「あぁ、これで……やっと、お近づきになれる」

溢れ出る歓喜を抑え込むように両手で顔を覆い、裂けそうなくらい口角を吊り上げた。

「明日が、楽しみじゃ～！　涼介様ぁ」

弥生の体を乗っ取ったなにかは、狂おしいほどの愛しさを胸に、涼介の名を呼ぶ。

（涼介君を……知ってる……？）

よく分からないけれど、体を乗っ取ったなにかは、涼介に恋焦がれているのだと、弥生は自分の感覚として理解した。乗っ取ったなにかと、弥生の全てが、互いにリンクしている。

（なんで、こんなことになっちゃったんだろう）

弥生の不安などおかまいなしに、乗っ取ったなにかはベッドから降りると、全身を映す鏡の前に立った。頭のてっぺんから足の先まで、弥生を観察している。クルリとその場で回り、体のラインや手足の動きも確認していた。

「……貧相な」

自分の口を使って、呆れたように呟かれた言葉にショックを受ける。余計なお世話よ！　と、表層面に出ない意識の中で声を荒らげた。

ボディラインのメリハリは全然だし、女性的な膨らみもまだまだ。身長は高いけれど、胴長短足で、太ももふくらはぎも足首も太い。体型に関しては、コンプレックスの塊である。

二次性徴の途中だから、女性の体つきになりきれていないのは仕方がない。だけど、弥生には分かっている。どんなに頑張ったって、律のような体型にはなれないということを。

（羨ましい……）

心の中で呟くと、弥生の声で「あはは」と笑う声がする。

「我ながら、いい依代（よりしろ）を見つけたものだわ。心地よいなぁ。住み心地が最高よ」

鼻歌を歌いながら顔を鏡に寄せ、眉毛の形や瞳、鼻に唇、フェイスラインまで、手の平や指先で触ってチェックを再開した。

知らない誰かに自分の体をベタベタと触られ、気持ち悪さが込み上げてくる。やめさせたくても、自分ではどうすることもできない。

体の主導権をなくした今、テレビや映画を眺めているかのような、現実味のない不思議な感覚に陥っていた。

七

涼介が登校すると、また下駄箱の中に一通の封筒が入っていた。今回の封筒は、全年齢を対象にした人気のキャラクターが描かれている。

手に取って、その場で封を開けると、中には一枚の便箋が入っていた。

——今日の昼休憩に、弓道場へ来てください。

文面を黙読し、眉間にシワを刻む。わざわざ弓道場を指定してきたことが、無性に気に食わない。

「あれー？　また差出人が書いてないね」

いつからそこにいたのか、涼介の肩口から雄大がニュッと顔を出した。

「うわっ、ビックリしたぁ」

驚く涼介に、背後を取っていた雄大はニカッと歯を見せて笑う。

「おはよ。気配ぐらい察知しなよ」

「いやいや、無理だって」

人の気配と人以外の気配が混在していると、鈍感になったくらいがちょうどいい。過敏すぎると、常に緊張感が伴って疲れてしまう。特別な修行はしていないけれど、それくらいの処世術は我流で身につけていた。

「これ、前と同じ人かな？　前回、便箋入れ忘れたことに、やっと気づいたんじゃない？」

「う〜ん……そうかなぁ」

　雄大の憶測も一理あるけれど、なにか引っかかる。

　便箋を封筒の中に戻していると、制服の袖口が視界に入った。今日も手首には、お守りとして授けてもらったラピスラズリの数珠をブレスレットとしてつけている。

　そのラピスラズリの瑠璃色が、徐々に色を失っていく。目を見張っていると、あっという間に色が薄くなってしまった。

「――ッう」

　途端に、目が眩む。平衡感覚が狂い、覚束なくなる足元。

「おいっ、涼介！」

　とっさに雄大が体を支えてくれて、その場に崩れ落ちることは避けられた。

　頭がガンガンする。クラクラして、目が開けていられない。しばらく休めば回復するかどうか、怪しいところだ。

「おい、歩けるかッ？　とりあえず、保健室まで頑張れ！」

　切羽詰まった雄大の声に、涼介は頭を振る。

（ダメだ。これは、保健室じゃない……）

　こうなる時は、大抵霊障を受けた時。保健室に行っても、ただ横になるだけで、時間の経過に回復を任せるしかない。かといって、二年生の教室がある二階にまで、階段を上ることは不可能だ。

「相談室……」

「えっ？」

　弱々しい涼介の声が聞き取れず、雄大が聞き返してくる。

「保健室じゃなくて、相談室に連れてってほしい」

　今の涼介を回復に向かわせられるのは、保健医ではなく呪術師だ。

　律の力を頼りたい。

「分かったよ！　なんか、よく分かんないけど……連れてってやる！」

　深く詮索をせずに、涼介を助けてくれる雄大に「ありがと」と掠れた声で感謝を告げる。手にしていた封筒を制服のポケットに押し込み、雄大にしがみついた。

　雄大は涼介の体を支えながら、なるべく振動を与えないように、ゆっくりと足を動かしてくれる。廊下の角を曲がって、最初にある部屋が相談室だ。

　相談室のドアの横には、不在の表示がされている。丸いドアノブを握り、回してみたけれど、やっぱり鍵は開いていなかった。

（まだ来てないのかな……。っていうか、今日って出勤日じゃなかったりする？）

スクールカウンセラーは非常勤で、毎日いるとは限らない。昨日、志生のところで会った時に確認しておけばよかったと、今さらながら後悔した。

ここまで連れてきてくれた雄大には悪いけれど、このまま保健室まで連れていってもらったほうが賢明かもしれない。

目眩と頭痛が治まらず、額に手を置いたまま、涼介は雄大を呼んだ。

「ごめん、やっぱり……保健室でいいよ。連れてってくれるかな？」

「おう、任せとけ」

雄大は涼介を支え直し、トイレと職員室を越えた先にある保健室へと足を向ける。

職員室の前を通りかかったところで、どうかしたの？　と、聞き慣れた声が耳に届いた。クラクラする視界に、涼介はその人物を捉える。あ！　と、雄大の声が弾んだ。

「栗原センセ！　おはよー。今日も美人だね」

「あら、ありがとう。そういう素直なところ、とても素敵ね」

雄大の軽口に、黒髪ロングのウィッグをつけ、白衣を手にする律はにこやかな笑みを浮かべた。社交辞令の笑みを貼りつけたまま、律の視線がチラリと涼介に向く。無言のまま、左手首につけている腕時計を確認すると、誰もが心を許してしまいそうな人当たりのよい笑みを浮かべた。

「その子、調子が悪いのね。もうすぐ予鈴が鳴るから、キミは教室に向かいなさい。私が連れていってあげるわ」

「えっ、そんな。悪いっすよ！」

律の申し出を断ろうとする雄大の唇に、爪をスモーキーピンクに塗った指先が添えられる。

「大丈夫よ。さ、行って？」

「っ……あ、はぃ」

熱に浮かされた雄大の声。ポーッと頬を赤らめ、目はハートになり、骨抜きにされていることが安易に想像できた。

律は無意識にしているのか、意図的にしているのか。思春期男子の純情な心を弄ぶような振る舞いは、控えてほしいものだ。

律は雄大から涼介の腕を取り、身柄を預かると、後ろ髪を引かれている雄大をにこやかに見送った。笑顔で手を振りながら、涼介にだけ聞こえる声で悪態をつく。

「なに受けてんのよ。このおバカ」

「うっ……」

涼介には、全然優しくない。

そうだよな……こっちが本性だよな……と、優しい対応をしてもらえなかったことに少しだけいじけながら、涼介は律に引きずられて相談室の中に入っていった。

相談室の長いソファに、涼介は倒れ込んだ。ベッドの代わりに、三人掛けのソファを一人で占領する。

律はローテーブルを挟んだ向かい側に配置されている一人掛けのソファの背もたれに白衣をかけ、長い髪を右の肩口にまとめて流しながら、涼介の頭側にあるソファの肘置きに腰を下ろした。

涼介はわずかに目蓋を持ち上げたけれど、やはりまだ視界が揺れる。乱視のように二重にも三重にも見え、船酔いをしているみたいに気持ちが悪い。律には申し訳ないけれど、目を開けることは諦め、再び目蓋を下ろした。

「いつから?」

「つい、さっき……学校来てから」

「心当たりは、なんかあんの?」

律からの軽い尋問のような質問に応じながら、涼介は原因を考えた。が、それらしきモノは、ひとつしか思い浮かばない。

「手紙……下駄箱に入ってた」

けれど、それはある意味、涼介にとっては日常だ。ひと月のうちに何回か開催されるイベントのようなもの。でも、今日を限定に原因を探すとなると、それくらいしか思い浮かばない。

「どれ？」

律に問われ、薄く目を開けて制服のポケットをまさぐると、手の甲に異物が触れる。無造作に掴んで取り出し、クシャクシャになった封筒を律に手渡した。

律は無言で受け取り、軽くシワを伸ばすと、中から便箋を取り出す。サッと目を通し、表情を変えることなく便箋と封筒をビリビリと四つに破り、踵を返して窓際に配置されている事務机に向かった。ファイルやノートパソコンが置いてあるから、涼介が寝転がるソファのほうは、カウンセリングで使用するスペースなのだろう。

律は引き出しを開け、灰皿とライターを取り出し、涼介が横になるソファの前に戻ってくる。ローテーブルの上に灰皿を置き、ライターに親指を添えた。小さな火花を散らし、火が灯る。生まれた火に破いた便箋と封筒を近づけると、輪郭を縁取るように燃え広がった。灰皿の中にポトリと落とすと、便箋と封筒は黒い煤に姿を変えながら、細い煙を立ち昇らせた。焦げた臭いと共に、煙は部屋の中を蛇のように漂う。

おもむろに律は合掌し、何事か唱え始めた。すると、部屋の中を漂っていた煙が凝縮されていき、なにかを象(かたど)っていく。

群がる蜂のように集まった煙は、途中で三筋に分かれ、また合流する。筋になって分かれている部分は穿たれた穴のようで、見方によっては、一対の吊り上がった目のようにも見える配置だ。

涼介の中に恐怖の感情が芽生える。煙に見詰められているようで、なんとも不気味だ。顔の形に見える煙は高く天井にまでそびえ、涼介を見下ろしていた。

(なんだろう……怖い)

キーンと耳鳴りがし始める。

律の手から灰皿の中に、パラパラとなにかがくべられた。突如として燃えていた火が踊り、のたうつように煙が揺らぐ。涼介の頭痛は痛さを増し、耐えきれずに頭を抱え込んだ。

――リィン……

涼やかな鈴(りん)の音色がひとつ。スゥと空気が澄んでいく。

涼介の頭痛や眩暈は音色に浄化されたのか、溶け出すように消えていった。

しばらくして、カラカラと窓の開く音がする。ヒューッと、少し冷たい朝の冷気をまとった風が吹き込み、停滞していた煙を一掃した。

(あ……なんか、楽になったかも)

さっきまでと比べて、息がしやすい。

窓辺に顔を向ければ、黒く長い髪が風に揺れている。逆光となり、朝日を背負う律は、どことなく神々しく見えた。

「もう平気ね」

「うん、大丈夫……」

満足そうな笑みを浮かべ、スタスタと律が涼介の元へ歩み寄る。ソファから上半身を起こした涼介の前に立つと、スッと涼介の額に中指を当てた。

――パシィイン！

「痛ってぇぇえええ！」

思いきり、中指で弾かれた額が痛い。突き抜ける痛さに、涼介はデコピンされた額を両手で押さえた。

「なに？　なんだよ！」

「それは私のセリフよ。なんで、どうして、学校で！　こんな目に遭ってんの？　ホント信じらんない」

くびれた腰に手を当て、ジトリと見下ろしてくる律の目には、蔑みの眼差しが浮かんでいる。

「今のツケといてあげるから、また今度なにかで返しなさいよ」

やはり今のは、除霊みたいな浄化のような、そんな効果が得られるものだったらしい。律のお陰で体調がよくなったのだから、諾と答える以外に許されないだろう。

「分かってるよ」

心に浮かぶ不満が、少しだけ言葉に乗ってしまった。瞬時に律の眉がひそめられる。

「なに？　文句でもあるの？」

「いえ、ありません！」

ピシッと姿勢を正した涼介に、律は「よろしい」と許しを与えた。

「それで、呼び出しには応じるの？」

手紙の内容について尋ねられ、涼介は返答に困る。

律に隠し事をしても無駄だ。まだ考えはまとまっていないけれど、今思っていることを口にすることにした。

「まだ、迷ってる。差出人の名前も書いてないし、イタズラかもしれない。だけど、もし書いてあった時間と場所で待っていたとして……俺が行かなかったらって思うと、心苦しくもありで」

逆の立場だったら、待ちぼうけは嫌だ。気がないなら、そうと伝えてもらったほうが断然いい。

黙って涼介の言葉を聞いていた律は、ただひと言、呆れたように「あっそ」と吐き捨てた。

「優柔不断な優しさって、自分の体裁のためでもあるわよね」

律の言葉がグサリと刺さり、涼介は言葉に詰まる。

涼介を値踏みするように半眼になると、律は腕を組んで、一人掛け用のソファにドカリと腰を下ろした。背もたれに身を預け、スラリと長い足を組む。

「ま、行っても、行かなくても……待ち受けてる結果は同じかもしれないけどね」

「それって、どういう意味？」

意図が分からず、涼介は問い返す。

律は上体を起こし、涼介にも顔を寄せるようにチョイチョイと手招きをする。涼介が顔を近づけると耳元に唇を寄せ、来てるのよ、と声をひそめた。

「来てる？」

「そう、あの……」

女狐が。

そう囁いた律の声と息遣いが涼介の耳にこびりつき、午前の授業の間中、ずっと頭から離れなかった。

黙々と弁当を食べ終え、涼介は急いで弓道場に足を向けた。

手紙には弓道場と書いてあったけれど、中なのか、外なのか。中に入るには職員室で鍵を借りないといけないから、人目につきにくい弓道場の裏手かもしれない。

グラウンドの隅に位置する弓道場に着くと、念のための確認で、ドアに手をかけた。指先に力を込めると、重みを伴ってわずかにドアが動く。鍵が、開いていた。ということは、手紙の差出人が、中にいるということ。

何年生の、誰か。涼介の知る人物なのか、全く面識のない人物か。

緊張のせいで、胃が重たくなってきた。

体が通るくらいの幅だけドアをスライドさせ、上履きが三和土に揃えられているのを確認する。踵の部分は死角となり、名前は見えない。急いで中に入ると、束ねてある涼介の矢を手にし、指の腹で矢羽根を撫でている女子生徒の姿があった。

「誰？」

誰何（すいか）すると、ゆっくりとした動作で女子生徒が振り向く。意外な人物に、涼介は目を見張った。

「梶間さん……」

なんだろう。弥生の雰囲気が、いつもと違う気がする。弥生とは同じクラスなのに、午前中の弥生が思い出せない。

弥生は手にしていた矢を元に戻し、クルリと涼介に向き直った。鎖骨の位置より少し長い髪を今日は珍しく結んでおらず、動きに合わせて毛先が揺れる。涼介に会えた喜びを体中から溢れさせ、恋する乙女特有の、はにかんだ笑みを浮かべた。

違和感を覚えたまま、弥生に問いかける。

「あの手紙……梶間さんが？」

フフッと笑いながら頷き、跳ねるように涼介の前までやってくる。頬を赤らめ、涼介の手を取った。

「来てくれて、ありがとう」

ギュッと込められた力は、振りほどけないくらい強い。弥生の握力は、こんなにも強かっただろうか。手を引っ込めようにも、ビクともしない。無理だ。

「ずっと、二人きりになりたかったの。仲睦まじく、ゆっくり話がしたかった」

涼介の肩に頬を擦り寄せ、愛しくて仕方がないというように、弥生は涼介の背中に腕を回す。

「ちょっ、ちょっと待って！　俺、梶間さんと付き合うつもりはないよ。断りに来たんだ！」

弥生を引き剥がしたいのに、両腕も一緒に抱き込まれているから、身をよじることしかできない。しかも握力と同じく、女子の腕力とは思えないくらい、力が強いのだ。

思いきり身をよじるとバランスを崩し、靴下を履いている足が滑る。背中から床に倒れることを覚悟して、涼介は衝撃に備えて目を瞑った。

ドシンッという衝撃ではなく、柔らかな感触に包まれる。

ゆっくり目蓋を持ち上げると、目の前には弥生の顔。押し倒された格好になっているのが気恥ずかしい。上に乗っている弥生をどかそうとするも、反対に、両の手首を押さえつけられた。

「断れると思ぅてか?」

弥生の口から出てきた言葉に、涼介は耳を疑う。そして、息を呑んだ。

弥生の瞳が、人間のものではない。縦長の瞳孔に、色鮮やかな虹彩。この眼は、狐のそれ。涼介の後頭部を守った柔らかな感触の正体を確かめるべく、わずかに頭を持ち上げて視線を向けた。瞳に映るのは、黄金色の毛束。

(……尻尾?)

混乱する頭で事態を把握しようとしている涼介の頬に、弥生の髪がサラリと触れる。続いて、擦りつけられる頬の感触。押しつけられる額。匂いを嗅ぎながら、頬をなぞる鼻先。

「あぁ、やはり……いい匂い」

好き……という呟きと共に、冷たくヒヤリとした感覚と、ヌメッと生暖かい感触が頬に触れた。

「ッ……ぅわっ!」

レロッと、舌先で頬を舐め上げられたと認識した瞬間、ザラリとした感触を体が思い出す。鳥肌が立ち、顔面の筋肉は引きつって、全身の筋肉が硬直した。

そんな涼介にはおかまいなしで、弥生の声が耳元で告げる。

「付き合うのではなく、そなたとは結婚すると申したはずだ」

「……えっ？」

聞き返した涼介に、弥生は恍惚とした笑みを浮かべた。

「私は、そなたが欲しい。そなたと、共にありたい。私が、どれほど恋焦がれているとお思いか」

弥生の口が獣のように裂け、鋭く尖った牙を覗かせる。

「うわぁッ！」

涼介の悲鳴に呼応するように、青白い閃光が迸った。

「ぁあっ」

涼介を押し倒していた弥生が飛び退き、庇うように両腕を顔の前に掲げる。この隙を逃してはならないと、涼介は弥生の下から抜け出し、距離を置いた。

左側の袖が、青白い光を発し続けている。袖をずらしてラピスラズリの数珠を顕にすると、青白い光は輝きを増した。

「ああっ、眩しい！　それをしまうのじゃッ」

弥生は光を嫌がり、よろけながら二歩三歩と後退する。目を細め、涼介を恨みがましく睨みつけた。

「お前、あの時の……花嫁行列の狐だな！」

涼介が叫ぶと、弥生の体を乗っ取っている花嫁狐は、あぁ……と嬉しそうに身を震わせる。

「私を覚えておいでだった。あな嬉しや。これぞ運命よ」

「っマジかァ」

律から、あの女狐が来ていると言われていたけれど、まさかこんなやり方で近づいてくるなんて。今日の手紙の差出人が花嫁狐なら、前回の便箋が入っていなかった手紙の差出人もこの女狐だろう。だからあの日、律と志生から、獣臭いと言われたんだ。でも、なぜ花嫁狐が、弥生に乗り移っているのか分からない。どこかに、なにか接点があったのだろうか。

(考えたって俺なんかに分かるもんか。とにかく、逃げなきゃ)

これ以上、関わってはダメだ。

涼介は踵を返し、急いで弓道場から出ようとする。

「逃がさぬ！」

花嫁狐が、弥生の腕をひと振りする。刹那、弓道場内の空間が歪んだ。弥生の体から禍々(まがまが)しいオーラが放たれ、涼介を含む周囲の空間をスッポリと包み込んでいく。

涼介には、どうすればいいのか分からない。ただオドオドするだけで、パニックに陥ってしまう一歩手前。いや、もうすでにパニックだ。

花嫁狐のほうが、涼介なんかより数段パワーが強い。花嫁狐よりも力が劣っているのだから、涼介では絶対に敵わないし、術的ななにかで対抗のしようもなかった。

このまま、また向こうの……妖の世界に連れ去られてしまうのだろうか。明確な理由も分からず、この花嫁狐と結婚しなければならなくなってしまうのは嫌だ。

光を放っていた数珠も、瑠璃の色が薄くなってしまっている。

不意に、甘ったるい香りが涼介の鼻をくすぐった。手足の力が抜け、その場にへたり込む。視線を花嫁狐に向ければ、その手には煙が漂う線香の束が持たれていた。制服のポケットにライターをしまい、線香を頭上に掲げる。風に舞う羽衣のように、煙の筋が軌道を描いた。

「いい香りであろう？　安心されよ。しばし、体の自由と意識を奪うのみじゃ。道中、暴れられては敵わぬからなぁ」

弥生の姿のまま、花嫁狐が歩み寄る。ゆるりと距離を縮め、涼介の前で両膝を突いた。線香の束を手にしたまま、反対の手で涼介の髪を優しい手つきでサラリと梳く。

「目が覚めれば、そなたと私の祝言よ」

「ぜ……ったい、嫌……だ」

朧気な意識の中で、涼介は自分の意思を口にした。

（ヤバ……目が、霞む）

目蓋を閉じているのか開いているのか、それさえも分からなくなっている。

混濁する意識の中で認識した、一閃の光。澱んだ空間が切り裂かれ、ひび割れたように、光を伴う亀裂が広がっていく。サーッと一陣の風が吹き抜け、甘ったるい香りが一蹴された。

「なんか、変な気配がしたから来てみたんだけどー」

聞き覚えのある声に、涼介は心の底から安堵する。

（来てくれた……）

朦朧とする意識の中、霞む視界で見留めたのは、光を背にする救世主の姿。

スラリと長い足は肩幅に開き、キュッとくびれた腰に手を当てている、ショートヘアの天才呪術師。

「拐かしは犯罪よ」

思い込みの激しい女狐さん♡　と、律はナチュラルに花嫁狐の神経を逆撫でした。

律が異空間に入り込むために作り出した亀裂は、瞬く間に閉じてしまった。

弥生の体を乗っ取っている花嫁狐は、思いきり表情をしかめる。

「また、お前か……」

　憎々しげに、吐き捨てるように毒づく。

　律はギリギリで意識を繋ぎ止めている涼介を一瞥すると鼻で笑い、腕を組んで花嫁狐を蔑んだように見据えた。

「そのセリフは、そっくりそのままお返しするわ」

　瞬時に、花嫁狐の頬が紅潮する。怒りの感情からか、恥ずかしさのせいか、涼介には分からない。だけど、律が入り込んでくれたお陰で、涼介の窮地は脱したと確信が持てた。花嫁狐はギリギリと奥歯で歯ぎしりし、律を睨みつける。

「また今回も……どうして……どうやって、この空間に入ってこられたのだ！」

　吠える花嫁狐に、律は余裕の笑みを浮かべた。

「私を誰だと思ってるの？」

　前回と同じ言葉を口にし、ニヤリと笑う律の表情を見ていると、全く正義の味方に思えない。悪の組織の黒幕みたいだと口にしたら、即制裁が加えられてしまうだろう。

　花嫁狐は悔しそうに拳を握り締め、喉の奥から掠れる声を絞り出した。

「私の、幸せを……邪魔するでない」

「幸せ、ねぇ……」

　律はポツリと呟き、そもそも……と言いながら、涼介を見下ろす。

「なんで、この子なの？」

組んでいた腕を解き、律は左手を腰に当て、右手の指先は軽く顎に添える。

「人間の体を乗っ取ってまで、執着する理由は、なに？」

律の問いに、花嫁狐はニンマリと笑みを浮かべた。

「人間には分からぬであろうよ……。涼介様の魂から香る、極上の匂いが」

花嫁狐の示す匂いがどんなものなのか、当の本人である涼介にも全然分からない。魂から香る匂いだと言うのだから、体臭とは違うのだろう。

花嫁狐は律を警戒しつつ、動きが鈍い涼介に顔を近づけた。スゥウと目一杯に鼻から空気を吸い込み、匂いを味わうように堪能すると、恍惚とした表情を浮かべてホゥと溜め息を零す。

「まるで、最高級のお香。ただ香りを嗅ぐだけで、なんとも素晴らしき……夢見心地になれる。力のある者でなければ、こんな香りはさせられぬ。そんな魂を持つ人間など、そう易々と巡り会えるものではない。誰にも渡したくないわ」

それに……と、花嫁狐は涼介の顔を包み込むように両手を添えた。

「なにより、この容姿。もっと歳を重ねれば、より私好みの男となるに違いない」

花嫁狐は涼介の額に、自分の額を擦り合わせる。心底、涼介のことを愛しいと想ってくれているのだということは伝わってきたが、その気持ちには応じられない。無理なものは無理だ。

　花嫁狐は額を離すと、潤んだ瞳で涼介を見つめた。

「出会ったこともない、十以上も年が離れた男の元へ嫁ぐより、私だって自分好みの男と共に暮らしてみたい。私にとって、最初で最後の……ただ一度のワガママよ」

　涼介の頬をスルリとひと撫でして立ち上がり、花嫁狐は、黙って話に耳を傾けている呪術師と真正面から向き合う。

「あの日、あの場所で涼介様と視線が交錯するまで、私は……自分を大事にしてこなかった。なにもかも全てに興味がなかったし、確固とした、自分の信念というものを確立しておらなんだ。両親の望むままに、家のために生きることこそ、幼い頃より私が示されてきた道であり、生き方であったのじゃ。親の、家の役に立てることこそが幸せで、特にこれと言った特技もなにもなかった私には、家族から感謝されることだけが生きがいだった」

　自分自身を慰めるように、花嫁狐は自らの体に腕を回す。

「涼介様は、そんな私が初めて欲しいと望んだ存在。初めて、我を主張した。共に暮らし、共に生き、涼介様の寿命が来たのなら……その血を啜り、肉を喰ろうてやろうぞ。その身は私の血肉となって、私の命が尽きるまで生涯を共に過ごすのだ」

　花嫁狐は涼介の手を取り、甲にソッと唇を当てる。

「だから、涼介様を私に頂戴？　涼介様がいてくれたら、私は幸せになれる気がする」

（そんなのは、単なる依存じゃないか！）

勝手な言い分に、涼介は腹が立ってきた。

イラついた涼介が花嫁狐の手を払い除けるよりも先に、不機嫌を隠しもしない律が口を開く。

「そんな自分勝手な言い分で涼介をくれだなんて、私が許さないわ」

ピリッと、空気が張り詰める。律から発せられる圧が、ズシリと重みを増した。

「涼介はね、あんたの虚無感とか肯定感とか、そういうのを満たすための存在じゃないし道具でもない」

言いながら、首にかけていた水晶の数珠を取り出して左手に巻きつけると、鋭い視線を花嫁狐に投げつけた。

「諦めて、さっさと帰りなさい。いつまでも他人様の体を占領してんじゃないわよ」

律に睨まれ、花嫁狐は涼介をぬいぐるみのように抱き締める。駄々をこねる幼子みたいに、嫌だ嫌だと頭を振った。

「涼介様が手に入らぬのなら、私はなんのために、この体を乗っ取った？　親の懇願を振りきり、嫁入りをなしにしたというの？」

「そんなのは、全部アンタの自己都合でしょ！」

律は、ピシャリと切り捨てる。

「自分勝手な行動に、涼介を巻き込まないで。貴女のやっていることは、子供のワガママと同じ。自己満足を実現させようとする、暴挙以外の何物でもないわ」

花嫁狐は「ッ！」と息を詰め、大きく目を見張った。腕の力が弱まり、解放された涼介は、重力に従って倒れ、地面で強か（したた）に体を打ちつける。

花嫁狐はぎこちないカクカクとした動きで両手を顔の横に上げていき、唇の端をワナワナと震わせた。グゥググ……と喉の奥で唸りながら、髪の毛をグシャグシャに掻き回し、毛が抜けることも厭わずむんずと鷲掴む。

「あぁ、嫌だ……嫌だ、嫌だ嫌だ嫌だ……嫌だぁッ！」

弥生の耳が、狐の耳に変化する。鼻と口が前に迫り出し、狐の輪郭となった。花嫁狐の力が暴走を始めたのだろうか。弥生の姿に収まることが難しくなったのか、少しずつ化けの皮が剥がれていく。人間と狐が融合したかのように、弥生の姿と花嫁狐の姿が混在していた。その姿は、まさに化け狐そのものだ。

「どうして、分かってもらえぬ！　ずっと、私……ずっと我慢してきたもの。私の、ただ一度のワガママが叶わないなんて……そんなこと、あっていいはずがない」

目には涙が浮かび、白目がわずかに血走って見える。

「涼介様が欲しい……涼介様を頂戴……。涼介様、私のモノに……なるのじゃァ！」

叫びながら、花嫁狐が涼介に飛びかかってきた。顔を庇うように両手を交差させると、瑠璃色が薄いままのラピスラズリが再び輝きを放つ。

「ぐぅ……あぁ！　眩しいッ！」

両目を覆い、花嫁狐は身を屈めた。

暗がりで強力なライトを当てられたような、そんな眩しさに襲われたと想像する。きっと、しばらくは目が眩んで、なにも見ることができないだろう。

律が涼介の腕を引っ張り、強引に立ち上がらせる。

「精神が不安定になって結びつきが緩んだ。あの子から、女狐を引き剝がすわ」

「でも、どうやって？」

狼狽（うろた）える涼介の肩に手を置き、任せなさい、と頼もしい笑みを律は浮かべた。

「アンタは、あの女狐を諦めさせるセリフかなんか、考えときなさいよ」

「えっ、諦めさせるって……そんな！」

せめて、なにかヒントが欲しい。諦めさせるとは、どんなふうにだろう。一緒に行けない、ごめんなさいと、謝るくらいしか涼介には思い浮かばない。

律は半人半獣の姿でうずくまる花嫁狐の背後に立ち、数珠を巻きつけている左手を背中に当てた。花嫁狐は律の手を振り払おうと身を捻り、ブンブンと大きく腕を振り回す。しかし律が経を唱え始めると、もがき唸りながら苦しみだした。花嫁狐に襲いかかっているのは痛みだろうか。それとも、不快感などの気持ち悪さだろうか。分からないけれど、花嫁狐が浮かべているのは、苦悶の表情。断末魔のような、悲痛な叫び声が涼介の耳をつんざく。反射的に耳を押さえ、見ていられなくて顔を背けた。

律の唱えていた経も聞こえなくなる。これはもう、花嫁狐との決着がついたのだ。花嫁狐は滅されたのか。憑依されていた弥生は、どうなったのだろう。律と花嫁狐のやり取りのほうが気にかかり、律から命じられていた花嫁狐を諦めさせるような文言を考える余裕など全くなかった。

でも、律がやってのけたのなら、次は涼介の番だ。

(どうしよう……。なんて言ったらいいんだよ)

口八丁が十八番みたいな志生なら、悩まなくてもパッと思い浮かぶだろうに。そんな臨機応変さや柔軟性が、涼介には備わっていない。考えがまとまらないまま、事の顛末を確認するために、背けていた顔を戻す。

弥生の体から追い出された花嫁狐が、柳の傍に佇む幽霊のように、恨めしそうに立ち尽くしていた。

律に抱えられている意識のない弥生を見下ろし、花嫁狐は膝から崩れ落ちて項垂れた。丸まった背中からは生気が感じられず、無気力感が漂っている。

涼介は花嫁狐の傍に歩み寄り、膝頭が向かい合うように、距離を縮めてチョコンと座った。なんと声をかけたらいいのか、まだ迷っている。迷っているけれど、なにか言葉をかけなくては。

（あぁ、もう！　どうにでもなれッ）

半分だけど、志生と同じ御堂家の血が涼介の中にも流れている。もしかしたら、スラスラと言葉が勝手に口をついて出てくるかもしれない。

自棄（やけ）を起こしたのではない、腹をくくったのだと自らに言い聞かせる。勇気を振り絞り、ねぇ、と声をかけた。

「ずっと、寂しかったの？　家族に依存することでしか、生きていけない日々を過ごしてたのかな？」

問いかけても、返事はない。

律に目配せするけれど、もっと話しかけろと、視線を鋭くされるだけだった。これは、もう……手探りで話題を模索するしかないみたいだ。

（なにを話して、どう諦めさせりゃいいんだろ……）

今まで受けてきた告白とは、全然違う。

これまでは、その場で泣かれようが、あとから陰口を言われようが、好きでもない相手と付き合うことに抵抗があるから、少しの可能性も抱かせないようにスパッと断ってきた。

でも、この花嫁狐は……申し出を断ったからといって、すんなり受け入れることはないと分かりきっている。

先ほど、今まで家族のためだけに生きてきて、これが初めての自己主張だと話していた。同情こそすれ、だからと言って、涼介が花嫁狐と婚姻関係を結ぶのは違う。涼介にだって涼介の人生があるし、中途半端な優しさは、優しさじゃないと知っている。のらりくらりと、返事を先延ばしにしたら、自然と解決するような事柄でもない。

諦めさせる方向が合っているか分からないけれど、涼介は真摯に、自分の意思をきちんと伝えることにした。

「ごめん。俺は、貴女と一緒に行けない」

花嫁狐の頭が、わずかに動く。どうして？　と、小さな声で問うてきた。

『ひと目惚れであった……。初めて感じた胸の高鳴りは、恋に落ちた瞬間を私に知らせてくれたのじゃ』

涼介の膝に手を置き、制服のズボンをギュッと握り締める。

『なにが、気に入らぬのじゃ？　一緒に来てくれたら、なにも不自由のない生活を約束しよう。私の両親も親族も、みんな説得して……涼介様の価値を分からせるから』

ズボンを握り締める手が震え、込められている力の強さを連想させた。

花嫁狐は涼介の目を見つめ、泣くのを堪えるように唇をワナワナと震わせる。

『私と、一緒にいておくれ。頼む。お願いじゃ……』

か細く弱々しい声には、悲壮感が漂う。涼介の首にスッと腕を回し、甘えるように頭を擦りつけてきた。語りきれない気持ちを伝えるように、ギュッと抱き締める腕に、優しく力を込めてくる。

『涼介様の姿を目にするだけで、私の胸は喜びでいっぱいになるというのに』

「ごめん。俺は……貴女が俺を見つけてくれたみたいに、俺も、俺が好きになる人と巡り会いたい。それは、いつになるか分からないけど……魂の伴侶と思える人と一緒になりたいんだ」

花嫁狐の腕を解き、両手を花嫁狐の膝に戻す。

お強請(ねだ)りをする子供のように、花嫁狐は上目遣いになった。

『どうしても、ダメか？』

「ごめん」

こればかりは、涼介だって譲れない。

花嫁狐は悲しそうに表情をクシャリと歪め、俯いた。

『一人では、帰れない……』

ポツリと、花嫁狐が呟く。

『必ず連れ帰ると、大口を叩いて来た。それを今さら、なかったことにはできぬ』

ピリピリと、放電しているかのように空気が痛い。

花嫁狐が作り出している暗い異空間の中に、突如としてポツリポツリと火の玉が浮かぶ。冷たさを帯びた青白い炎。あれは、きっと狐火だ。

花嫁狐を中心に狐火が次々と灯り、涼介を囲い込むように広がりを見せる。

子供の頃に遊んだ《かごめかごめ》みたいに、狐火がグルリと三百六十度、涼介を取り囲んだ。

狐火は等間隔に整然と並び、どこにも隙がなく、逃げ場もない。狐火は涼介にプレッシャーを与えるように、取り囲む範囲を徐々に狭めてきた。ジリジリ、ジリジリと。

涼介は狐火に警戒を強めるも、もし襲いかかられでもしたら、どう逃げるのが正解なのかと考えを巡らせる。

（っていうか、もう……これ詰んでんじゃん！）

涼介が、自分でできる自己防衛の手段なんてひとつもない。こういった局面を乗り切ることができるような御札も持っていなければ、回避できるという効果のある呪文も印（いん）も知らない。頼みの綱である志生にもらった数珠は、すでに力を使い果たしてしまったようで、光を発することもしなくなった。

けれど、今……涼介が自分でできることは皆無だが、この場には自分で天才と称し、誰もがそうと認めている呪術師が一緒にいる。

近くにいるはずの律を探して視線を走らせ、名を呼ぼうと息を吸い込む。刹那、視界の端に、長い髪を逆立てた花嫁狐の姿を捉えた。

涼介を睨みつける瞳には、憎しみと怒りが宿る。黒く長く、鋭い爪が怪しく光った。

『連れ帰ることができぬのならば、涼介様を殺して、私も死んでやる！』

浮かんでいた狐火がチェーンのように連なり、瞬く間に涼介をギュッと拘束する。

「うわっ！」

バランスを崩し、ドッシンとその場に尻もちをつく。転んだ衝撃で、反射的に目を閉じてしまった。しかし、目を閉じたままではいられない。慌てて目を開けると、視界に飛び込んできたのは、迫り来る花嫁狐の狂相。喉の奥で低く唸りながら牙を剥き、涼介の喉笛に噛みつこうと口を大きく開けている。

身をよじって逃げようにも反応が追いつかず、涼介は首に衝撃を受けた。

（食いちぎられる……ッ！）

もうダメだ、と諦め、死を覚悟する。

未来を望んでいたのに、短い人生だった。この場で死んだとして、傍にいる律は死者の魂が見えるから、嫌な顔をされてもあの世までの道筋を立ててくれるだろう。

首には、生暖かな息がかかったまま。覚悟していたような、衝撃が襲いこない。不審に思い、閉じていた目蓋をゆっくり持ち上げると、花嫁狐の動きがピタリと止まっていた。

耳に届くのは、律の上げる真言。

首元にあった花嫁狐の頭が、スローモーションで崩れ落ちていく。目を見開いたまま、苦しそうに浅い呼吸を繰り返し始めた。口が閉じられないのか、ヨダレがダラダラと垂れ流しになっている。

『カハッ……ぅ、ぅう……』

花嫁狐は身動きが取れず、まるで金縛りにでも遭ったかのように、ギチギチと動きを封じられていた。

『あぁああ！　ヴァア！』

無理やり喉の奥から叫んだ花嫁狐は白目を剥き、口から泡を吹くと、そのままバタリと倒れ込んだ。

『お手を煩わせました』

いつからそこにいたのか、暗がりの中から父親狐が姿を現す。

真言を唱え終えた律が、印を結んでいた手を下ろし、無表情のまま父親狐に応じた。

「思い込みが激しいお嬢さんですこと」

『面目ない……。蝶よ花よと育て、私等のことをよく考えてくれる優しい娘で、とても自慢でした』

　父親狐は花嫁狐の元へ歩み寄ると、ゆっくり膝を突く。

『それが、あんなに……自分を抑制し、卑下していただなんて、気づけませなんだ』

　父親狐が花嫁狐をスィと撫でると、花嫁狐の姿が人型から狐に変化（へんげ）した。狐姿の花嫁狐を抱き上げると、愛しさを眼差しに込め、父親狐は優しい手つきで頭を撫でる。

『先日の縁談を白紙に戻したのは、そこの男子（おのこ）のせいではありません。もう一度、娘との時間を持つためです。心が子供のままのようで……嫁には、まだ出せませんわ』

　父親狐は涼介に向き直り、ペコリと頭を下げた。

『娘が、世話をかけました』

　肩を落とした父親狐は、一気に老けたみたいだ。

『では、失礼を……』と律に会釈をし、父親狐は意識のない愛娘を抱え、静かに去っていった。

　突然の幕切れに、涼介の思考は、まだ追いつけない。

　父親狐と花嫁狐の姿が消えると、辺りは、いつもの弓道場に戻っていた。

「ひとまず、一件落着……？」

おずおずと尋ねた涼介に、まぁ……そうね、と律は答える。

「律さん」

ポツリと名を呼べば、なに？　と律の返事は素っ気ない。

「……ありがとう」

「素直な涼介って、なんか不気味で調子が狂うわ」

まだ意識が戻らない弥生を仰向けに寝かせながら、律は冗談めかして「うへぇ」と表情をしかめてみせた。

「なんでだよ。俺いっつも素直だし！　心から感謝してお礼言ってんだから、それくらい律さんも素直に受け取ったらいいじゃん」

涼介も立ち上がり、首に手を添えて怪我がないか確認する。噛まれたように思ったけれど、歯は当たっていなかったみたいだ。間一髪セーフ。律が真言を唱え始めるのが少しでも遅かったら、ガブリと喰われていたかもしれない。今さらながら、背筋が凍えた。

仰向けに寝かされた弥生に、涼介は目を向ける。

「梶間さん、大丈夫かな？」

「憑依されて体を乗っ取られるのは、体力持っていかれるからねぇ。しばらく起きないんじゃない？」

弓道場の中に置いてある机に向かいながら、律は事もなげに涼介に命令した。

「アンタが保健室に運びなさいね」

「え、俺が？」

驚く涼介に、それくらいはしなさいよ……と、律は眉根を寄せる。

「だって……俺、これセクハラになんない？」

思春期の男子が、異性に触れることが許されるだろうか。誰ともお付き合いをしたことのない涼介にとって、答えは否だ。

花嫁狐と対峙するのに邪魔になると判断して外していたのか、それとも装着する直前だったのか。机に置いていた黒髪ロングのウィッグを手にしながら、律は呆れた様子で言い放つ。

「セクハラの意味を正しく理解してから使いなさい」

鋭い目でギロリと睨まれ、涼介は「ッウ」と息を詰めた。

「なんでもかんでも、ハラスメントって言葉を使って片付けようとすんじゃないわよ。動けない人を抱えて運ぶことが、セクシャルハラスメントになるの？」

「なりま……せん」

「分かればいいのよ」

フンッと鼻で息を吐き、律は涼介に背を向ける。突き放された涼介は、横たわっている弥生に顔を向けた。

（マジか……）

女子を抱き抱えたことなんて、一度もない。この場合は、お姫様抱っこだろうか。

上体を起こし、膝裏に腕を差し入れ、弥生を支える。

「フンッ！」

気合いと共に、グッと足に力を入れたけれど、重くて持ち上がらなかった。弥生は涼介よりも身長が高く、その分、見た目以上に重さもあるのだろう。さすがに、一人では無理だ。持ち上がらなければ、運べない。

「律さん……手伝って……」

壁にかかっている鏡を見ながら、黒髪ロングのウィッグをつけ直していた律は、呆れたように半眼となる。

「なっさけないわねぇ」

慣れた手つきでウィッグの装着を完了し、白衣をまとってスクールカウンセラーに戻った律は、面倒くさそうに涼介のところへやってきた。ヨッ！　と気合いを入れ、弥生の腕を肩に担ぐと、一本背負いをするような流れで軽やかに背負う。

涼介が、どれだけ頑張っても上げられなかったのに。

「すげぇ……律さん、力持ち」

から弥生の上履きを持ち、弓道場の出入口にガチャリと鍵をかけた。

「アンタの鍛え方が足りないのよ」

弥生を背負った律は、さっさと校内用のシューズを履いて弓道場をあとにする。

上履きを履いた涼介は下駄箱の上に鍵を見つけ、ほかに誰もいないことを確認して

長身の美女が女子生徒を背負っている光景は、どうしても人目を引いてしまう。弓道場から保健室に向かって移動している間に、涼介と律は奇異の視線に晒されていた。

しかし律は、全く気にした様子がない。

どれだけ控えめに言っても、律の容姿は美しいという部類に分類される。その言動からも注目を集めることが多そうだし、擦れ違いざまにチラチラと盗み見られることには慣れているのかもしれない。

表情もピクリとも動かず、律はどういった精神構造をしているのだろうと、涼介は不思議に思った。

保健室のドアには、養護教諭が不在を知らせる看板がかかっている。鍵はかかっていなかったから、涼介は律に命じられてドアをスライドさせた。

真っ白な室内は電気が点いておらず、白いカーテンに遮られた自然光が柔らかに射し込んでいる。微かに香る消毒液の臭いと、律から香ってくるお香の匂いが混ざり合

って嗅覚が刺激されたのか、涼介は少しだけ目眩を覚えた。

花嫁狐によって隔離された空間での影響が、まだ少し残っているのかもしれない。

「涼介、手伝って」

「あ、はい」

律はベッドに腰を下ろし、ベッドの上に頭から倒れてしまいそうな弥生を片手で支えている。涼介は急いで駆け寄り、弥生の頭を支えると、慎重に頭を枕の上に置いた。

弥生の重さから解放された律は両肩を上下に動かし、肩甲骨を回して軽くストレッチをすると、続いて首をコキコキと鳴らした。

やはり、一人で運ぶには重たかったのだろう。

持ち上げる力がなくて申し訳ないと思ったけれど、謝罪を口にすれば小言が二倍にも三倍にもなって返ってくるだろうから、沈黙を選択した。

「職員室に保健の先生がいないか見てくるから、アンタ傍で付き添ってなさい」

「分かった」

涼介が返事をすると、長い髪を翻し、律は肩で風を切って歩く。白衣を身にまとって凛としている姿は、さながら敏腕女医のようだ。

涼介は丸椅子をベッドの横に移動し、ゆっくりと腰を下ろした。特に、なにもすることがない。無為の時間が虚しく過ぎていく。

ベッドに寝かせた弥生に目を向ければ、静かな呼吸を繰り返している。いつ目を覚ますのか、予想もつかない。

丸い壁掛け時計に目を向けると、あと五分ほどで昼休みも終わりを迎える。保健室が面しているグラウンドからは、まだ生徒達の賑やかな声が聞こえていた。

足を放り出し、ベッドの縁に背中と両肘を預ける。暇だったから、さっきまでの出来事を反芻（はんすう）することにした。

（我ながら、すんごい体験だった……）

律が気配を察知して助けに来てくれていなかったら、今頃どうなっていたことか。花嫁狐が作りだした空間から、妖達の世界のほうへ引っ張り込まれていただろう。

子供の頃から人以外の存在が見えていたけれど、こんなにガッツリ身の危険を感じたのは初めてだった。

（俺の匂いって、どんなのなんだろう？）

妖を惑わすようなものだとして、花嫁狐の父親や、警護に当たっていた狐達には匂っていなかったみたいだし……やはり、よく分からない。

（また学校帰りに、叔父さんのとこ寄ってみよ……）

分からないことは、ひとまず志生や律に尋ねるのが一番だ。

背後から、モゾモゾと動く気配を察知する。振り向くと、弥生が涼介に背中を向けて、寝返りを打っていた。呼吸の仕方が、さっきまでと違う。

「目ェ覚めた？」

話しかけても、答えはない。涼介は気にせず、話し続けることにした。

「保健の先生がいなかったから、栗原先生が探しに行ってくれてるよ」

栗原先生、と聞き、弥生の体がわずかに強ばる。

「栗原先生から待機しとくように言われてるから、俺も勝手に帰れないんだよね」

だから、この場から立ち去ることができないのだと、暗に伝えた。

弥生は息を殺し、微動だにすまいと身を固くしている。涼介は再び弥生に背を向け、返ってくるかも分からない問いを投げかけた。

「どの辺まで覚えてる？」

返事は、ない。聞こえるのはコチコチと秒針が時を刻む音と、グラウンドに居る生徒達の声だけ。

涼介は、保健室内の静寂を破る。

「なんで、あの狐は……梶間さんを選んだんだろうね」

すると、まるで吐息のように、ごめんなさい……と弥生が呟いた。

責める気はないのに、立て続けに問いを投げかけたことで、詰問しているように受け取られたのかもしれないという可能性に気づく。涼介は「あっ！」と声を漏らし、上半身を捻って弥生に顔を向け、慌てて否定した。

「別に責めてるわけじゃないんだ。ただ、なんで梶間さんだったのか……不思議に思っただけで」

涼介に背中を向けたまま、弥生は答える。

「それは……私が、涼介君に近い女子だから、じゃないのかな？」

「俺に近い、女子？」

それは、学校生活や部活で、多くの時間を共有しているから、ということだろうか。

弥生はモソリとベッドの上で起き上がり、スカートの裾とヒダを直してから、涼介に向けてわずかに上半身を捻る。上半身を捻るといっても向かい合うのではなく、顎を引いてわずかに顔の向きが変わったというだけで、弥生はほぼ正面を向いたまま。

視線も交わらず、気まずそうに逸らされていた。

「涼介君ってさ。近づいてくる女子は、自分に気があって彼女になりたい人ばかりって思ってる節がない？」

「……ある」

自意識過剰かもしれないけれど、経験的に、そういう女子の割合が多いことは確かだ。そういう経験が何度も重なれば、こいつもかと、身構えてしまうようにもなる。

女子から言い寄られて嬉しいという男心は、涼介にだってもちろんあったけれど、今はそれが負担に感じてしまうくらいには辟易していた。

弥生は「じゃあ……」と、自分を指差す。

「私と普通に喋っていられるのは、なんで？」

「なんでって、それは」

悩むような問題ではない。分かりきっている事実を述べた。

「だって、梶間さんは俺に興味がないじゃん」

そう、弥生は涼介に対して、全くそれらしい素振りがない。涼介を男として認識はしているけれど、女子として好かれようだとか、気を引こうだとか、そんな小狡い小細工をしてこない珍しい女子なのだ。

世話焼きな気質から、相談に乗ると執拗いくらいに声をかけられるのはウザったいけれど、それ以外は特に実害がない存在。女友達とまではいかないけれど、そういった意味では、警戒心を抱かなくてもいい女子ではある。そして同じ部活で部長同士だから、共に活動する時間も長い。

「だから……一緒に行動することが多い、女子？」

いまいち確信が持てていない涼介に、弥生は頷く。

まさか、と涼介は呆れた笑いを浮かべた。

「たった、それだけのことで……梶間さんは目をつけられたの？」

たしかに、ほかのどんな女子の体に入り込むよりも、弥生の体を乗っ取れば、涼介に接触する機会は多い。手紙を書いて誘い出したとしても、涼介が警戒心を抱くような女子生徒ならば、約束の場所に足を運んでも姿を現さない可能性だって視野に入れていたはずだ。だから花嫁狐は、涼介の警戒心を和らげるには、弥生が一番だという結論に行き着いた。

そこまで人間観察をして人選をしていたのだと思うと、執念深さに身震いする。

（梶間さんは、巻き込まれただけだ……）

謝って済まされることではないけれど、涼介は謝罪を口にした。

「ごめん、俺のせいで……って、なにがあったか覚えてる？」

尋ねた涼介に、弥生は申し訳なさそうに苦笑いを浮かべる。

「意識だけは、ちゃんとあったのよ。涼介君に迫ってるところ、映画を見てるみたいに眺めてた」

「あぁ……マジかぁ」

律のことを、なんと説明したらいいのだろう。まさか、そんな弊害が生まれるなんて、思いもしなかった。花嫁狐に体を乗っ取られている間の時間が、空白であればよかったのに。

「私を助けてくれたのは、栗原先生でしょ？」

違うと言っても、納得しないだろう。弥生は、自分の目で全てを見てしまっていたのだから。律には悪いが、涼介は弥生に正解を告げる。

「そうだよ。ごめん……ビックリさせたよね」

バツが悪い涼介に、弥生は「たはは……」と力なく笑い、モジモジとさせる指先に視線を落とした。

「こないだは話してもらえなかったけど……。栗原先生と、涼介君……どんな関係か、改めて聞いてもいい？」

弥生はこれだけガッツリと関わってしまったのだから、今さら知らぬ存ぜぬは通用しない。答えないわけには、いかないだろう。

（さて……どこから、どこまで話したらいいんだ？）

涼介は手を組み、トントンと額に押し当てた。眉間にはクッキリとシワが浮かぶ。

「涼介君は答えにくいと思うんだけど、気にするなってほうが無理だよ。何者なの？　栗原先生って。ただのスクールカウンセラーじゃないよね」

弥生と涼介が反対の立場であったなら、この疑問を解消したくて仕方がないはずだ。いろいろな憶測が頭の中を巡り、正解が知りたくてウズウズしている。答えを知っているのに教えてくれない相手に対しては、憤りさえ感じるだろう。

（大丈夫。律さんから怒られることには、慣れてる）

覚悟を決め、弥生に説明することにした。

「栗原先生は……スクールカウンセラーとは別の顔を持ってる」

「別の顔？」

涼介は頷き、慎重に言葉を選ぶ。

「俺は、そっちの顔をしてる栗原先生としか接したことがないから……スクールカウンセラーだったってことも知らなかったし、この学校に赴任してきたって知った時は、すごく驚いたんだ」

「その、別の顔って？」

神妙な表情を浮かべる弥生に、涼介は端的に答えた。

「呪術師」

「呪術……師？」

涼介が発した言葉を繰り返した、弥生の表情が変わる。口角がわずかに上がり、目は大きく見開かれ、興奮しているのか鼻の穴が少しだけ広がった。

これは、変に興味を持たれてしまったかもしれない。口止めをしておかなければと、涼介の本能が告げた。

梶間さん、と静かに呼びかける。弥生の瞳が、緊張に顔を強張らせている涼介を映した。

「内緒にしていてくれないかな？　栗原先生が、呪術師だってこと」

「なんで？」

「栗原先生本人が、呪術師だって知られることを望んでいないから。もともと俺も、梶間さんに話すつもりは微塵もなかったし。さっきみたいなことが起きたりしなければ、絶対に話さなかったんだ」

律は涼介に、休み時間に遊びに来てくれないのかと言っていたけれど、きっとあの言葉は冗談で、本心ではないと確信している。

スクールカウンセラーとして仕事をする学校では、一生徒である涼介と知り合いだということは、できるだけ隠していたかったはずなのだ。でなければ……職員室で鉢合わせた時に、律は弥生に、涼介と知り合いであることを伝えていたと思うから。

「内緒にしなかったら、どうなるの？」

「どうなるって、そりゃ……」

考えただけでも恐ろしい。律ならば、使える術の全てを用いて、記憶を操作しかねない。

身震いをしている涼介に気づき、弥生も神妙な表情を浮かべた。

「えっ、なに？　そんなに怯えるようなこと？」

「そう、そうなんだよ！　怯えるようなことになりかねないんだよ……」

だから……と涼介は、スッと一本だけ立てた人差し指を自分の唇に添える。

「内緒にしているほうがいい。自分のために。興味本位で呪術師の顔をしている時の栗原先生に関わっちゃ、痛い目見るよ」

怯えきった涼介の雰囲気から、内緒にしていなければ、ただならぬ事態になると覚ってくれたのだろう。弥生は渋々ではあるが、うん……と静かに顎を引いた。

言葉では言い表せない危機感が伝わり、内緒にすると約束してくれたのだから、これでひとまずは安心だ。

安堵の溜め息を吐く涼介に、あのね……と弥生が、遠慮気味に話し始めた。

「体が乗っ取られている間にさぁ、あの狐の感情が……私の中に流れ込んできてたんだよね」

弥生は、くすぐったいような、はにかんだ笑みを浮かべる。

「あの狐さ、涼介君のこと……本当に、とーっても大好きだったよ」

うん、とか、そっか……とか、他愛のない答えが涼介の頭に浮かぶ。けれど、どうしてもその答えを口にできない。そんな簡単な言葉で片付けていい内容ではないと、なんとなく思ってしまったから。

弥生は手元に視線を落とし、ポツリと呟く。

「応えてあげられないのって、ツラいね」

でも……と、誰にともなく言葉を続ける。

「応えてもらえないのも……ツラいよね」

弥生は膝を抱え、顔を伏せると、膝に額を押し当てた。背中を丸めて卵のように丸い姿は、ひと回りも小さく見える。

応えてあげられないのもツラい。応えてもらえないのもツラい。

自分の殻に閉じこもってしまった弥生を前にし、涼介は少しだけしんみりしてしまう。互いに想い合え、想いが通じるということは、奇跡に近いのかもしれない。

膝を抱えたまま、弥生が呟く。

「どんな形であれ、勇気を出して想いを伝えた狐さんを……私はすごいと思うし、尊敬するよ」

それは、弥生も誰かに花嫁狐と同じ気持ちを抱いているから、そう感じたのだろう。

今の涼介には、到底理解できない感情だ。

（そんな気持ちに、いつか俺もなれるかな……）

壁に備えつけられているスピーカーが、ジィ……と小さな音を発し、予鈴が鳴り渡る。さらに五分が経過して本鈴が鳴っても、まだ保健室には涼介と弥生の二人だけ。

沈黙の帳が下りる保健室に、コーヒーの香りをまとった律と養護教諭が帰ってきたのは、本鈴が鳴ってしばらく経ってからのことだった。

八

学校から帰り、自分の部屋の中へと入った弥生は、制服のままベッドにダイブした。なんとか部活までこなしたけれど、花嫁狐に憑依(ひょうい)された影響のせいか、体が鉛のように重い。仰向けに寝返りを打ち、天井を見上げる。すると見慣れた天井には、面のような狐の顔がポツンと浮かんでいた。

「きゃーっ！　わぁあああああ～ッ！」

ベッドから転げ落ちながら、声の限り悲鳴を上げる。

悲鳴を上げても両親は仕事で留守にしているし、一人っ子だから、この家には誰もいない。愛犬はサークルの中だから、どれだけ悲鳴を上げても、今この瞬間、助けてくれる存在はいないのだ。

『これ、そう叫ぶな。耳が痛い』

花嫁狐は耳をペタリと伏せ、不快感を顕にすると、ムッと顔をしかめる。弥生は口をパクパクとさせながら、尻もちをついたままドアの前まで後退った。

「なっ、なんで……？」

この花嫁狐は、父親狐に連れ帰られたはずなのに。

花嫁狐は天井からスルリと抜け出し、宙返りをひとつして人型になると、ベッドの上にチョコンと腰を下ろす。身にまとうのは、白の水干（すいかん）に緋色の袴。立烏帽子（たてえぼし）を被っていれば、歴史の資料集で見たことがある白拍子の姿だ。

花嫁狐は足と腕をそれぞれ組み、得意気に胸を張る。

『隙を見て、抜け出してきてやった！』

イタズラを自慢した子供のようにニカッと笑い、口の端からは尖っている犬歯が覗く。恐ろしいはずの花嫁狐なのに、浮かべている笑顔が人懐っこく見えて、弥生は少しだけ警戒心を削がれてしまった。

「抜け出してきたって……バレないの？」

『そのうち、追手はかかるやもしれぬ。だから、急いで弥生のところへ来た』

前回、体を強制的に乗っ取られた時とは違い、今の花嫁狐は対話に応じてくれている。もしかしたら今回は、いろいろと聞き出せるかもしれない。

思いきって、疑問をぶつけてみることにした。

「なんで、私なの？」

保健室で涼介に語ってみせた、花嫁狐に弥生が選ばれた理由は、単なる弥生の憶測でしかない。なぜ弥生を選んだのか、それは、弥生自身もハッキリさせたいところだ。

「貴女は……どうやって、私に辿り着いたの？」

花嫁狐は、知りたいか？　と弥生を見据える。虹彩が美しい花嫁狐の瞳には、緊張に顔も体も強ばらせている弥生の姿が映し出されていた。

花嫁狐の口角が吊り上がり、ニヤッと不気味な笑みを浮かべる。

『涼介様と親しい女で……心が、いい具合に濁っていたから』

濁っていた、という言葉に憤りを感じるも、心当たりしかない。

『荒んでいて容易に入り込めそうだったから、取り憑かせてもらったのじゃ』

それに……と花嫁狐は、悩ましげに人差し指の先を頬に添える。

『いつも弥生が一緒にいる、もう一人の女は……涼介様に惚れている。その体を使って告白の呼び出しなどしてみろ。あの女自身が、涼介様に告白する機会を奪うことになるであろう？　私は優しいからな。告白する機会くらいは与えてやろうという温情じゃ。まぁ……私が涼介様と夫婦になるのだから、そのような機会は二度と巡っては来ぬのだがな』

ふふふっと楽しそうに笑う花嫁狐に、弥生は別の疑問をぶつけた。

「涼介君のこと、諦めたわけじゃなかったの？」

『諦める？　なぜ？』

花嫁狐は、キョトンと目を丸くする。

「なぜって……」

あの流れではそうだろう。逆に、諦めていないというのが不思議でならない。

『なぁ、私が結婚を決められた理由を教えてやろうか?』

「たしか、政略結婚よね? 年齢が離れてる相手との」

そうじゃ……と、花嫁狐は苦虫を噛み潰したように顔をしかめる。

『金銭的な支援と……よりよい種（しゅ）を掛け合わせ、より強い霊力を持った頭領となるべき血を生み出すための結婚じゃ』

それはおそらく、遺伝子的な話。よりよい品種を生み出すために、目的に応じた種同士を掛け合わせるという、それだ。

『より強い霊力を持った子という目的ならば、夫になるはずだった男より、涼介様のほうが幾倍も上。魂の質も、涼介様のほうが勝（まさ）っておる。それから……』

花嫁狐は、思い出したように頬を染める。

『顔も、涼介様のほうがずーっと好みだ』

妖怪か獣か、花嫁狐のカテゴリが分からない弥生だが、やはり顔の善し悪しは、どの世界においても共通するところなのだなと妙に納得した。

花嫁狐はベッドから降り、ドアにへばりついている弥生の元へ歩み来る。警戒心を強める弥生に、花嫁狐は敵意のこもっていない笑みを浮かべてみせた。

『もう一度、私と手を組まぬか?』

「えっ……」

『今度は前みたいに、強引に一方的ではなく、合意の下に』

「ちょ、待って！　私は、もうコリゴリだわ。正直、関わりたくないの」

弥生が難色を示すと、花嫁狐は弥生の手を取り、差し向かいに座る。下から覗き込むように顔をグッと近づけると、弥生の手をギュッと握って上目遣いになった。

狐なのに、あざとい乙女の仕草が様になっている。本能的に可愛いと思ってしまい、慌てて意識を切り替えた。そうとは知らない花嫁狐は、上目遣いのまま視線を逸らさず話し続ける。

『私は、やっぱり……涼介様を諦められない。父や家人の目をくぐり抜けて、またここまで来るくらい夢中だ。弥生は？　やってきたことから……今さら、手を引ける？』

花嫁狐の言葉に、弥生の胃はキュッと縮み上がった。嫌な汗が、ジワリと浮かぶ。

（こいつ、やっぱり知ってる……！）

サーッと血の気が引いていき、弥生は呼吸することすら忘れた。

（そっか……分かるんだ。知ってるんだ……私の、してきたこと）

だからやはり、心が濁っていたと、花嫁狐は言っていたのだ。

一気に、弱みを握られている、という自覚を持つ。

（逆らえない……）

バラされてしまったら、今まで築き上げてきた全てが台無しになる。言うとおりに手を組めば、危ういバランスで保たれている現状を維持していけるのだろうか。

弥生は悩んだ末、保身に走ることにした。

「手を組むって、なにするの？」

『なぁに、簡単じゃ。私の代わりに手足となり、人間の世界で活動してもらえれば、それでよい』

「活動？」

『あぁ、もう取り憑くことはせぬ。あの呪術師は恐ろしい』

あの呪術師とは、間違いなく律のことだ。

呪術師という人物に初めて遭遇したけれど、みんながみんな、ああなのだろうか。凛としていて、自信に満ち溢れ、堂々と立ち向かっていく。もっと暗く、闇をまとっているようなイメージを持っていたから、律の行動には興味津々だった。

個人的には、どんなことをしているのか、とてもそそられる。相談室に通って親しくなれば、呪術師としての律に話を聞けるだろうか。涼介からは、関わるなと釘を刺されたけれど、弥生の行動は束縛できない。そのタイミングが訪れたとしたら、間違いなく行動に移すだろう。

『それで、じゃ。少しだけ……書き物を頼めぬだろうか』

「書き物？　またラブレター？」

『違う』

花嫁狐はピシャリと弥生の軽口を断ち切ると、スックと立ち上がり、弥生の勉強机に移動した。勝手に引き出しを開け、一枚のコピー用紙を取り出す。

『貼り紙……ポスター、と言ったか。それを書いてほしい』

「ポスター？」

いったい、なにを書かせようと言うのだろう。

弥生は、花嫁狐の作戦を詳しく聞くことにした。


今日の空は曇天模様。

傘の準備をしておいたほうがいいか、時間刻みの天気予報と睨めっこをした結果、雄大はリュックの中に折り畳み傘を忍ばせた。

一人で黙々と歩いて登校し、上履きに履き替えると、どこかにいるであろう涼介の姿を捜す。一緒に登校する約束はしていないけれど、毎日だいたい、この下駄箱付近で遭遇するのだ。涼介の下足置き場に目を向けると、まだ上履きが入っている。

（今日は、いつもより早く着いちったかな～）

涼介の到着を待っていてもいいが、そこまでベッタリと行動を共にしたいわけではない。所属している部活動も違うし、趣味の系統も違う。互いに自分の趣味を押しつけることなく、束縛することもない気楽な関係。幼馴染みや腐れ縁と言えるくらい小さい頃からの付き合いだが、雄大は涼介との関係を表す言葉に、親友という二文字がピッタリだと自負している。きっと同年代の中では雄大が、涼介の理解者としてナンバーワンの地位に君臨しているはずなのだ。

雄大は、さっさと教室に向かうべく、二年生の教室がある二階へ繋がる階段を目指す。階段を跳ねるように一段飛ばしで上っていると、一階と二階の間に位置する踊り場に人の群れが見えた。

（な～にか、あったんか？）

いつもは、人が群がるような場所ではない。なんとも珍しい光景だ。

踊り場の壁は掲示スペースになっているけれど、○○週間といった委員会のポスターが貼ってあるくらい。だから、横目でチラリと確認をする程度で事が済む。

しかし今、足を止めている人数は、一人や二人ではない。

（なんだろ……。重要なお知らせでも貼ってあんのかな？）

人垣の間から掲示物を確認しようと、雄大はヒョッコヒョッコと片足ずつ重心を移動させながら、背伸びとジャンプを繰り返し試みる。頭と頭の間から見えた文字に、思わず「えっ？」と目を見張った。

――柳楽涼介は霊感少年

――妖狐から求婚を受けている

Ａ４サイズのコピー用紙に、太い筆を使って力強く書かれた文字。達筆なのか、下手なのか。妙に迫力だけは伝わってくる書体。文字の色が赤ければ、なにか呪怨のようなものを感覚的に察知してしまいそうだ。

「なんだよ、これ……」

書かれている内容に、腹立たしさを覚える。

雄大は、涼介が霊障を受けることを知っている数少ない一人だ。霊が視えることも、妖怪変化の類が視えることも、ずーっと昔から承知していた。なにが視えても動揺しない精神力を維持しながら、普通を装って日常の生活を送っていることも知っている。

だからこそ、この貼り紙が許せない。

(こんなことバラされて、今まで涼介のしてきた努力が水の泡じゃねェか！　しかもなんだよ、妖狐から求婚って！　マジ意味が分かんねェ)

こんな噂が広まってしまっては、涼介は今みたいに、ある意味で平穏な学校生活が送れなくなってしまう。それは、涼介も雄大も、心から望むところではない。

幼い頃の涼介は、自分が視えているモノを教えてくれていたのに、ほかの奴らがからかい始めてから、なにも言わなくなってしまった。憶測でしかないけれど……涼介が語らなくなった理由は、異質なモノを視て語る存在に向けられる好奇の眼差しに耐えきれなくなったから。本当のことを伝えているのに、嘘つき呼ばわりされるのは、メンタル的にとてもしんどい。

だけど雄大は、そんな涼介の視ている世界が羨ましかった。常人では見えない存在を視ている涼介と、同じように世界を視られないことが悔しいと、何度歯ぎしりしたことか。もし同じ世界が視えていたのなら、ほかの奴らからからかわれようが、視えている世界を共有して一緒に語らうことができるのに。

しかし、そんな雄大の好奇心も、涼介には重荷となっていたみたいだ。

小学一年生の終わり頃の涼介は、どんどん自分の殻に閉じこもり、溌剌としていた社交性も影をひそめていた。涼介は誰とも打ち解けず、上辺だけの浅い付き合いを必要最小限にしかしなくなっていったのだ。

そんな涼介と、互いに親友だと認め合える関係にまで自分の地位を持っていけたのは、雄大の類い稀なる努力の賜物だと言っても過言ではない。

大事な親友が地道に築き上げてきた、女子からは騒がれるけれど、平穏に過ごしている学校生活を……こんな貼り紙一枚で、台無しにさせてなるものか。より多くの生徒が目にするよりも前に、貼り紙を回収しなければ。

人垣を掻き分け、最前列にやってくる。集まっている人達の目も気にせず、破るようにビリビリとコピー用紙を剥ぎ取った。

「チッ。んだよ、アイツ」

「柳楽涼介って、アレだろ？　顔がいいって、女子達が夢中になってる」

「霊感少年って、幽霊とか視えるってことだろ。マジ、ヤバくね？」

「妄想の世界生きてんじゃねーの？」

口々に囁かれる負の言葉。その他大勢の発する雑音が煩わしい。

涼介のことをなにも知らないくせに、勝手な憶測で親友を笑い者にされることが許せなかった。破った貼り紙をクシャクシャに丸め、床に叩きつける。

「誰だよ！　こんなイタズラ貼りつけた奴はよおッ！」

怒る雄大に、白けた眼差しが集中した。

「なに？　あれ……」

「別に、誰でもいいじゃんね」

「ただの貼り紙だろ？」

「マジになっちゃってさァ。お前こそ何者？　って感じよな」

「関わると面倒(めんど)いから、早く教室行こ！」

コソコソと耳に届く、心ない声と、嘲笑に腹が立つ。

たかが貼り紙一枚でも、人の目に晒されて噂が立てば、ＳＮＳで拡散されることと同じである。

　雄大の周囲にできていた人垣が、バラバラと崩れていく。

　野次馬がいなくなった踊り場には、暗い瞳をしている親友がポツンと佇んでいた。

　いつも能天気に笑っている雄大の顔が、怒りに歪んでいる。拾い上げた貼り紙はグシャグシャに丸められ、内面に渦巻いていた全ての怒りや憤りをぶつけたみたいだ。

「怒ってくれて、ありがと」

　涼介が礼を告げると、雄大は悔しそうに奥歯を噛み締めた。

「っとによー！　誰だよ、こんな貼り紙すんの。マジで許せねェ」

「昨日、ちょっと一悶着あったから……その影響かも」

「ってことは、これ書いた人間に心当たりあんのかよ」

　不機嫌な雄大に、涼介は頷く。

「うん……ちょっと、話つけなきゃね」

　涼介の腸（はらわた）も、フツフツと煮えくり返っている。

　まったく……昨日の今日で、どういうつもりなのか。

　雄大と共に階段を上りきり、教室が並（や）ぶ廊下へと差しかかった。廊下で話をしていた数名の生徒達の会話が、ピタリと止む。涼介の姿を見て会話を止めるからこそ、なにを話していたのか丸分かりだ。

　廊下で生徒達と擦れ違うたび、まとわりつく視線に辟易する。

　クラスの前まで歩き、黒板側のドアを開けると、一気に視線が集中した。いつもとは違った意味で、注目の的になっている。一斉に向けられた視線は、痛いくらい涼介を突き刺す。この視線が、明らかに、現在進行形で話題の中心がなんであったかを暗に物語っていた。

　教室の中にいる人数は、クラス全体の半分くらいだろうか。それぞれが、いつものグループで集まり、まだメンバーが揃っていない人達は、時間潰しをしながら思い思いに過ごしていた。

　ゴクリと、生唾を飲み込む音が、やけに大きく感じる。ジワジワと臍の辺りに広がる地味で嫌な痛みは、自己防衛の本能か。その話題を口にするな、貼り紙の件には触れずにやり過ごせという、悪魔の囁きにも思える。

　でも今は、そんな本能に従うわけにはいかない。涼介は自らを奮い立たせるために、グッと拳を握り締めた。

「柳楽君、貼り紙……見たのかな？」

「きっと見たから、あんな感じなんだよ」

「じゃあやっぱり、あれ本当ってこと？」

「ちょっと、誰か聞いてみてよ」

小声で交わす言葉こそ、やけに大きく耳につく。

もう、ずっと昔の出来事のはずなのに……今でも、あの頃のことを思い出しては息が苦しくなってしまうのだから、よほどトラウマなのだろう。

嘘つき呼ばわりされた……幼い頃を。

なにを言っても信じてもらえず、嘘つき、変なヤツ、というレッテルを貼られた。

アイツと喋ったら呪われるとまで噂された日には、そのとおりにしてやりたいと、憎しみが強く心を支配していたくらいだ。志生が心のケアをしてくれなければ、かなり強力な生霊を飛ばして、バカにしてきた奴らを呪っていたことだろう。

トンッと肩に手が置かれ、ジワジワと温もりが広がる。わずかに顔を向ければ、雄大がいつもの笑みを浮かべていた。

大丈夫。俺がついてる。そう言ってくれているような気がして、涼介の唇にも、自然と笑みが浮かんだ。

高ぶった気持ちを落ち着かせるため、怒りのピークである六秒を数えながら、細く長く息を吐く。冷静に教室内を見回すと、犯人だと目星をつけている人物に、サッと視線を逸らされた。どうやら、後ろめたさはあるみたいだ。

「行ってくる」

雄大にリュックを預けながら小声で告げると、おう、と答えが返ってくる。温もりを伝えていた雄大の手が、涼介の背中を力強く押してくれた。

静寂が支配する教室の中を歩いていると、舞台で主役を演じる役者のような気持ちになってくる。モブ役のクラスメイト達の視線は涼介の動きを追い、涼介が立ち止まると、スポットライトで照らされている主役を見る客へと役割が転じた。

涼介の前には、気まずそうな表情を浮かべ、本を手にしたまま、涼介から視線を逸らす弥生がいる。蛇に睨まれた蛙のように、額と鼻頭にはジワリと脂汗が浮かんでいた。

(ちゃんと自分がしでかしたことの、自覚はあるんだな)

弥生に対する怒気と敵意を隠すために、涼介は笑顔の仮面を被る。満面の笑みではなく、口元だけが微笑み、目は笑っていない……悪どい時の志生が浮かべる笑顔に似ていると、思考回路の冷静な部分で分析した。

弥生の机に両手を突き、逸らされている顔を覗き込む。

様子を観察している周囲の女子達から、キャーッ！　と控えめな悲鳴が発せられた。

しかし涼介は気に留めず、弥生に向けている笑みを崩さない。弥生が手にしている本をパタリと閉じて、視線の逃げ道を封じた。

「ちょっと、いいかな」

しばらく待てども、返事はない。クラスメイトも成り行きを静観していて、追い立てる者や囃し立てる者はいなかった。

（さて……どうしてくれよう）

この場で話すような内容ではないから、場所は移動したい。話されて困るのは涼介だが、内容的に弥生も困るはずなのだ。

ガタリッと、弥生は無言のまま勢いよく立ち上がる。立ち上がった反動で動いた椅子を律儀に元の位置に戻し、直し終わると脱兎のごとく、踵を返して走りだした。

「っ！」

涼介も即座に反応し、走って弥生のあとを追う。

教室を飛び出して廊下に出た背中で、ドヨドヨというざわめきをキャッチしたけれど、そちらは二の次。弥生の追跡を優先させることにした。

涼介が教室に姿を現した時、佑奈は自分の席から動くことができなかった。ほかのクラスメイトと同様に、黙ったまま涼介の姿に注目し、群衆の中に溶け込む一人と化していたのだ。

きっと涼介は、多数に埋もれていた佑奈を認識してはいなかっただろう。

階段の踊り場で目にした貼り紙は、佑奈の目にも焼きついている。

まさか、好きな人が霊感持ちだったなんて。想像もしていなかった。しかも涼介が、今まで自分から口にしたことはないのだから……霊感があるということは、第三者には絶対に知られたくない事柄だったのだろう。

でもそれが、たった数分の間に、貼り紙を目にした人達の口から伝播している。

ＳＮＳで瞬く間に拡散されていくのと同じ現象が、人という媒体を介し、学校内で起きてしまっていた。

人から人へ伝える伝言ゲームのように、噂はどこまでも広がっていくだろう。

もし……ここで誰かがＳＮＳに書き込めば、涼介の秘密がインターネットの世界に投じられ、興味本位の輩によって、面白おかしく根も葉もない噂やコメントが書き立てられるようになるかもしれない。顔写真や出身校といった、身元がバレてしまう個人情報を晒されてしまう可能性だってある。被る被害は、佑奈が受けているような、嫌なコメントが書かれるなんていうものの比ではないはずだ。

「ねぇ、あの貼り紙ってさ……」

「梶間さんが、貼り紙の犯人ってこと？」

「だよね？　じゃなきゃ、逃げたりしないよ」

聞こえてきた会話に、佑奈の鼓動が大きくなる。

だって、信じたくないから。

親友だと思っている弥生が、涼介にそんなことをするはずがないと……信じていたい。姑息な手段が大嫌いで、正々堂々と正面切って言いたいことを言うのが、佑奈の知っている弥生という人間だったはずなのだ。

でも、弥生は逃げてしまった。

逃げてしまったから、そんなことしないよ！　と、自信を持って弥生を庇うことができない。逃げるという行為によって、弥生自身が自ら、あの紙を貼ったと認めてしまったも同じなのだから。

そしたら次は……弥生が起こした行動に対して、またさまざまな憶測が面白おかしく口々に広まっていくのだろうか。弥生のことがＳＮＳに拡散されたのなら、もしかしたら、学校に通ってくるのをやめてしまうような事態になってしまうかもしれない。

（嫌だ……。そんな悪循環に、なってほしくない……！）

だけど、なんと言って弥生を庇えばいいのか分からない。弥生はそんなことする人じゃない！　と言ったところで、誰も佑奈の言葉を信じないだろう。

（どうしよう……。どうして弥生ちゃんは、あんなことをしたのかな？）

親友なのに、ずっと一緒なのに、弥生がなにを考えているのか分からない。分からないから、どうすることもできない自分が、歯痒くてもどかしい。

席に着いたまま俯き、膝の上で拳を握り締める佑奈の頭上に影が差す。顔を上げると、険しい表情を浮かべている雄大が立っていた。

涼介から預かっていたリュックと雄大自身のリュックは、それぞれの机の上に置いてある。無造作に置かれているリュックは、一応来てはいるんです……という、ささやかな自己主張をしていた。

「捜しに行こう」

唐突な雄大の申し出に、顔の筋肉が強張る。えっ？　と声は出たけれど、雄大の提案に判断が追いつかない。

「捜すって……どこを？」

「分かんないから、とりあえず……校内隈なく捜すんだよ」

動揺する佑奈とは違い、雄大の眼は力強い光を宿している。

さまざまな憶測でザワザワとしている教室内に、雄大の大きな声が響き渡った。

「いいか！　涼介のこと、騒ぎ立てたりコソコソ話したりするの、絶対にやめろよな！　霊感あって、なにが悪いんだ。なにが問題なんだよ。こんだけたくさん人がいるんだから、言いふらさないだけで、涼介以外にも霊感があるヤツどっかにいるかもしんねェだろ！　そういう人達が、生きにくい雰囲気を作っちゃダメだ。俺の親友の……涼介の心を傷つけるような嫌な奴、このクラスにはいないよなッ」

騒がしかった教室内は静まり返り、口々に憶測を語り合っていた面々は互いに顔を見合わせている。そして、誰かがポツリと呟いた。

「でも、妖狐から求婚って」

「そういうのと日常的に関わっちゃう涼介なんだから、ある意味で仕方ないじゃん。異類婚姻譚なんて、世界各地にあんじゃねぇか。鶴の恩返しだって、浦島太郎だってそうだろ。昔はあって現代にもあるのに、なんの不思議があるんだよ。どれだけ文明が進んでたって、あるもんはあるんだ！　そんなのありえないってんなら、研究者でも学者にでもなって証明したい奴がすればいい。なにより、今の論点は、そこじゃないんだ」

一気にまくし立てた雄大は、怒りを発散させるように、握った拳を佑奈の前の机に振り下ろす。ドンッと、鈍くて痛そうな音がした。

「そもそも、なんで梶間さんが……涼介のそんなプライベートなこと知ってんだよ。知ってても、あんな場所に貼り出すとかさ……マジでなに考えてんだろ。梶間さんと仲がいい人には悪いけど、俺は涼介が大事だから、もんのすごく腹を立てている」

怒りの宿る瞳が、佑奈に向く。反射的に萎縮してしまい、わずかばかり雄大から身を引いてしまった。

逃がさない、というように、佑奈の手首を雄大が掴む。

「そんな梶間さんと、一番仲がいいのは小野柄さんだと思うから……ほら、捜しに行くよ！」

手首を引っ張られ、机とクラスメイトを掻き分けながら、ドアに向かって足が動く。助けてほしくて近くにいる女子生徒達の顔を見るけれど、誰一人として言葉を発さず、目も合わない。気にはなるけど関わり合いにはなりたくない、という空気をヒシヒシと感じた。佑奈と雄大の間に割って入ってくれそうな救世主は、一人もいないみたいだ。

「悪いけど、ショートホームルーム始まったら先生に上手く言っといて」

すぐ近くにいた男子生徒の肩を掴み、頼んだぜ！　と雄大は念を押す。

佑奈の意思とは関係なしに、どこへ行ってしまったかも分からない、それぞれの親友を捜す羽目になってしまった。

約束の場所は、中庭にそびえる一番大きな樫の木。

弥生は涼介が追いかけてくる姿を確認しながら駆け足で階段を降り、右に曲がって体育館へと繋がる渡り廊下へ続くドアを開け、花嫁狐に指定されていた中庭まで誘導してきた。

朝のショートホームルームが始まる前である今の時間は、中庭に生徒達の姿はない。廊下では知らない学年の生徒達と何人か擦れ違ったけれど、教師と鉢合わせなかったのは、不幸中の幸いだ。

中庭は職員室や保健室、相談室といった、大人の目がある場所に面している。けれど、今の時間帯は教師達もそれぞれに朝の作業や準備で忙しく、弥生や涼介に気づく余裕はないと願いたい。

辿り着いた樫の木の根元で、弥生は乱れた呼吸を整える。数秒差で追いついた涼介も、同じように肩で息をしていた。

モホヮン……と、どこからともなく流れてきた生暖かな風が、荒い息が整わない二人を包み込む。途端に、見えている景色が一変した。

「えっ、なに？　えっ！」

中庭にいたのに、どこかの、なにがなんだか分からない場所に、瞬間移動してしまったのだろうか。薄暗く、見渡す限り、なにもない空間。キョロキョロと周囲を見回しているとバランスを崩し、弥生は盛大な尻もちをついた。

「あっ、痛～ッ！」

「大丈夫？」

駆け寄ってきてくれた涼介に手首を掴まれ、よいしょ！　と引き起こしてもらう。

そのまま縋りつくように、弥生は涼介の腕を両手でギュッと掴んで離さない。なにかの弾みで離れてしまわないように、ピタリと身を寄せた。

不安と恐怖が押し寄せ、冷静な判断なんてとてもできない。パニックを起こしてしまいそうで、自分を保つために喋り続けた。

「涼介君！　なに、ここ？　さっきまで中庭だったのに。なんで、こんなことになってるの？　えっ、なんで？　どうして、こんなことに？」

「大丈夫。心当たりはあるから」

涼介の声は弥生とは反対に、とても落ち着いている。焦った様子もなさそうで、頼もしさを覚えた。

霊感があるということは、こういった事態も日常茶飯事なのだろうか。

弥生は初めての経験で、なにが起こっているのかも、どうしたらいいのかさえも分からない。

周囲を見渡し、涼介は叫んだ。

「おい！　いるんだろ。さっさと出てこいよッ！」

声の反響はなく、音がストンと下に落ちていく。

重苦しいと感じるのは、この空間の影響もあるみたいだ。

弥生も周囲に気を配っていると、どこからともなくクスクスと気味の悪い笑い声が聞こえてきた。前方に黒い渦が巻き、積もった木の葉が風で舞うように、サーッと霧散していく。手品で隠されていた助手が再登場したみたいに、白拍子のような格好をしている花嫁狐が姿を現した。

『あぁ、お会いしとうございました！　涼介様♡』

「やっぱり、そうだと思ったよ」

吐き捨てるように呟いた涼介とは対照的に、花嫁狐は喜びに尻尾を振り、ヒョコヒョコと小躍りしている。

弥生は二人の温度差を改めて目の当たりにし、花嫁狐の恋心は実らないだろうと、瞬時に悟った。しかも今の涼介は、告白をしてきた女子に断りを入れる時と同じ雰囲気を醸し出している。

果たして、花嫁狐の思惑どおりに事が運ぶのか、弥生は心配になった。

異空間に閉じ込められた涼介は、花嫁狐の入れ知恵で、弥生が行動に移したのだと推測した。

弥生一人ならば、あんな貼り紙を作るメリットがない。そもそも、涼介が知る弥生は、そんな姑息な真似をするような女子ではなかったはずなのだ。花嫁狐からなにを吹き込まれ、行動するに至ったのか……。分からない。分からないけど、弥生が花嫁狐に絡んでいるのは、よくないということだけは分かる。

弥生は涼介にしがみついたまま、オロオロと落ち着かない。苛立ちが頂点に達し、涼介は「あぁ、もう！」と吠えて鬱憤を発散させた。

「また閉じ込められたッ」

出口の分からない、花嫁狐が作り出した異空間。こうも短いスパンで何度も閉じ込められると、驚くこともなくなる。どこかに綻びがないか視線を走らせて探ってみるが、都合よく亀裂が入っているようなところなど、どこにも見受けられなかった。

前の時みたいに、律は異変に気づいてくれるだろうか。

（どうしたらいいんだよ……）

まだ修行をつけてもらっていない涼介一人では、なにもできない。律が異変を察知してくれるまで、なんとかして時間を稼ぐくらいしか、今できることはないだろう。でも、花嫁狐の気を逸らせる手段が思い浮かばない。とりあえず、なぜ貼り紙を作ったのか、動機だけはハッキリさせたかった。

「おいっ！　あんな貼り紙をして……いったい、どういうつもりだ」

『どういうつもりもなにも、涼介様が姿を現さなくなっても不思議に思われないように、私から求婚していることを知らせたまでじゃ』

花嫁狐は、夢見がちな少女のように虚ろな目をし、頬を染める。

『殿方からではなく自ら結婚を申し込んだことを周囲に知られるのは、いささか恥ずかしかったが……そうも言うてはおられまい？　涼介様のような男は、すぐ誰かのものになってしまう。私のだと主張しておかねば、誰に横槍を入れられるか分からぬではないか。私も人間の文字は練習しているが、まだ人の目に晒すには不格好でな。だから、弥生に代筆してもらったのじゃ』

花嫁狐は弥生に顔を向け、バチリと、片目を閉じてウインクした。弥生はジリッと後退り、涼介の後ろに身を隠す。怯えているのかと思ったけれど、弥生の表情を見ると、どこかバツが悪そうだ。

（もしかして……なにか、弱味を握られてる？）

涼介は花嫁狐をキッと睨みつけた。

「梶間さんを……脅したのか？」

『脅すじゃと？』

アハハ！　と楽しげに笑い、花嫁狐は手を袖の中に潜ませると口元に移動させ、長い袖で鼻から下を覆い隠す。

『そんな……脅すなどと、人聞きの悪い。単に、利害関係の一致。無理強いなどしておらぬ。嘘だと思うのなら、本人に確かめてみるがよい』

涼介の腕を掴んでいる弥生から、緊張が伝わってくる。ということは、花嫁狐の言葉は、事実である可能性が濃厚だ。

なんで？　と疑問を胸に、涼介は弥生に尋ねた。

「梶間さん、取引したの？」

尋ねられた弥生は、盛大に頭を横に振る。

「取引なんて、そんな……大それたものじゃないよ！　ただ、提案に乗っただけで」

涼介は弥生が掴んでいる腕を振り解き、正面に向き合うと、少しガッチリしている肩を思いきり掴んだ。弥生は大きく目を見開き、眉根を寄せ、戸惑いの表情を浮かべている。

「妖相手に、大それたことだよ。見返りに、命を奪われることだってあるんだ！」

「命？　違うわ！　その狐さんは、涼介君さえ手に入ればいいと言っていたもの」

弥生の口から出た言葉に、涼介は耳を疑う。

「梶間さん……俺を、売ったんだ」

涼介の発言を受け、えっ、と弥生はフリーズする。

「いや、えっと……売るとか、そんなつもりじゃ……」

「なら、どんなつもりだったんだよ！」

感情のままに声を荒らげると、弥生は委縮して首を竦めた。「ごめっ、ごめん……」と、小さな声で謝罪を口にする。だが、そう簡単に受け入れられる心境ではない。

「謝ってすむ問題じゃないよ」

動揺が激しい弥生の目には、うっすらと涙が浮かんでいく。

(泣きたいのは、こっちだ)

腹の中に怒りが渦巻き、裏切られた気持ちが強くなる。

クスクスと、花嫁狐の笑う声が耳に届いた。

『涼介様が、私と共に来たら全てが丸く収まるのだ。なにを悩むことがある？　簡単なことではないか』

「だから、それが嫌だって言ってんの！」

さっきから、花嫁狐は自分のことばかり。もうウンザリだ。

『さぁて。私も、時間が惜しい。急がねば、また邪魔に入られてしまう』

ほれ……と、花嫁狐の視線が弥生に向く。

『同じ過ちは繰り返さぬ。さあ、奪うのじゃ』

「――っ、ごめん！」

「えっ？」

弥生に左腕を掴まれ、手首に巻いていたラピスラズリの数珠が奪われる。

数珠を奪った弥生はすぐさま涼介から離れ、花嫁狐からも距離を置いた。
(ヤバッ)
志生から授けてもらった、律が祈祷してくれたお守りなのに。護ってくれるアイテムがなくなり、これでは丸裸も同然だ。

どうしよう、と狼狽える涼介に、花嫁狐は距離を縮めてきた。

『これで、あの忌々しい光も発さぬであろう』

花嫁狐の手が涼介の頬に触れ、スルリと顎まで滑らかに撫でる。

『あちらの世界に参りましょう。人間の世に、長居は無用。衣食住、全て整えて準備は万端じゃ。これからの人生、私が傍でお支え致しまする』

嫌だと叫びたいのに、声が出ない。

『これへ』

花嫁狐が静かに呼びかけると、ワラワラと四つ足で歩く狐達が姿を現す。その数は、八匹。涼介を取り囲み、逃げ道を封鎖した。

これでは、襲いかかられたとして、走って逃げることもままならない。

『私に協力してくれる、若い奴らじゃ。腕っ節に自信のある奴ばかり集まってくれた』

狐達はその場でクルリとひと回りし、獣の姿から人型へと姿を変える。屈強なゴロツキに囲まれているような、そんな錯覚を覚えた。

ジリジリと涼介を取り囲む範囲は狭められ、包囲網が崩れることはない。

(もう、ダメなのか)

あちらの世界とは、天気雨が降った日に、涼介が花嫁狐の行列に遭遇してしまった妖達の世界のこと。向こうに行けば、きっと人間の世界には帰してもらえない。

（そんなんで一生を終えるのなんか、絶対に嫌だ！）

——念じろ

——想像を強く

——具現化させれば上手くいく

突如として、頭の中に浮かんできたアドバイス。

誰の声なのか分からないけれど、現状を打開するため、聞き覚えのない男の声に従ってみることにした。

想像を強く、具現化させるということは、より具体的に強力なイメージをしろということだろう。

涼介が一番集中するのは、的前に立った時。弓を引き、矢先の狙いを的に定める時だ。

（矢を放ち、この異空間を散らすイメージを……）

もし、それができるのならば、一歩も二歩も状況が好転するだろう。

『涼介様？　なにをなさるおつもりじゃ……？』

花嫁狐の言葉を無視し、集中力を高め、矢を番えた弓を持っているつもりで両腕を構えた。道具を持たないで、弓を引く動作を体に覚え込ませるために、何度も繰り返した徒手という練習法を試みる。うまくいくか分からないけれど、やってみる価値はあると信じたい。

大木を抱くように、円相を描いた両腕がスッと上がる。大三、引分けと所作を進め、弓を最大限にまで引いた会の状態でピタリと止めた。

狙うは、涼介の視線の先に存在しているであろう、異空間の壁。気で練り上げた矢が飛び、壁を砕き、異空間が霧散するイメージ。

やれるか、やれないかの不安はもちろんある。でも、心のどこかに自信が芽生え始めていた。

不意に、弓道場で霧散した妖達の黒いモヤを思い出す。あんなことができたのだから、きっと大丈夫。

(なんか、できそうな気がする……！)

頭の中に、成功したイメージだけを残す。すると、また男の声がした。

――想像で作り上げた、破魔矢の力を信じ抜け

「ふっ！」

気が満ちたと感じた瞬間、実際に弓矢を持って行う離れという動作と同じように、親指をチッと弾く。

――パリィ

刹那、花嫁狐が作り上げた異空間にヒビが生じた。

『ッ！　何事じゃッ？』

異空間のヒビ割れた部分から、外の光が漏れてくる。ガラスが崩れ落ちるように、その部分だけ異空間の壁がガラガラと砕け落ちた。

「っしゃ！　やった」

喜ぶ涼介を取り押さえようと、屈強な狐達が一斉に襲いかかってくる。喜んだことで集中力が切れてしまい、即座に念の矢を作りだすことができない。

（ヤバッ！　捕まる……ッ！）

涼介は観念し、衝撃に備えて両腕で頭を庇い、ギュッと目を閉じた。しかし、覚悟をしていたような衝撃がこない。不思議に思って目蓋を持ち上げると、飛びかかる寸前の格好のまま、人型をしている八匹の狐達は硬直していた。

『なにごとじゃ！』

自身も身動きがとれないようで、花嫁狐は焦りの表情を浮かべている。

「もう、ショートホームルームが始まるわよ」

聞き覚えのある女性の声に、涼介は心強さを覚えた。反対に、花嫁狐の表情は険しくなる。

崩れた壁から差し込む光を背にし、浮かび上がるシルエット。ウエストポーチを腰に巻き、両手で印を結んでいる律の姿が、そこにはあった。

白衣をまとい、黒く長い髪を左の肩口から流している律は、射抜くように鋭い視線を花嫁狐に向けていた。

（栗原先生……本当に、呪術師なんだ！）

弥生の中にあった恐怖は鳴りを潜め、興奮に胸が高鳴る。律が結んでいるあの印は、どんな意味を持つものだろう。屈強な狐達が硬直したままだから、金縛りになるような、動きを封じるためのなにかに違いない。

「律さん……」

ホッと安堵したように、涼介が白衣をまとう呪術師の名を呟く。

「変な気配があったから、またかと思って急いで来てみたんだけど……。アンタが、自分で？」

「う、うん……なんか、浮かんできた声のアドバイスに従ったらできちゃった」

よく分からないという涼介の戸惑いが、弥生にも伝わってくる。

律は涼介をジッと見つめたまま、しばらくして「そう……」と呟く。そして、身動きのできない狐達の元へと足を向けた。

（っていうか、ホント……涼介君もすごい）

急に徒手を始めたかと思ったら、閉じ込められていた異空間が破壊されたのだ。そんな力が、能力が、涼介にもあっただなんて。さすが、霊感があるといったところだろうか。羨ましい。

しみじみと涼介の顔を眺めていると、不意に違和感を覚えた。

（なんか……涼介君の、瞳の色が違う……？）

青みがかっているような、不思議な色。黙ったまま観察していたら、徐々に青みが引いていき、いつもの見慣れた色に戻っていった。

視線を察知したのか、人形のように整っている涼介の顔が弥生のほうに向けられる。険しい表情のまま、無言で歩み寄ってくると、乱暴に手首を掴まれた。

「痛っ、なにッ？」

「返して」

言葉少なく要望だけを口にして、涼介は弥生の手から自分の数珠を奪い取る。

「……あっ」

ごめん、と小さな声で呟いて、弥生は俯いてしまった。

涼介に、どんな顔を向ければいいのか、分からない。自分の意思で起こした行動とはいえ、褒められたものではないことくらい理解している。もし問い詰められたら、どこまで素直に話せばいいのだろう。やってきた行いと、胸の内を全て話さなければ許してもらえないのであれば、隠し通したくて花嫁狐に手を貸した行為が水の泡だ。

「なんで、アイツに協力したの？」

「……ごめん、言えない」

「脅されてたわけ？」

問いを重ねる涼介に、違う、と頭を振る。

「そぅ……言いたく、ないんだね」

少し震えている声が、涼介の怒りの度合いを弥生に伝えてきた。

（だって、言ったら幻滅するに決まってるもの……）

取り繕ってきた弥生像が、一気に崩壊してしまう。頼りがいがあって、誰とでも気さくに言葉を交わし、面倒見がいいという……弥生の評価が一変してしまうに違いない。でも、今さら体面を気にしたところで、意味はないだろう。貼り紙の犯人は弥生だと、クラスのみんなにも知られてしまっているし、佑奈にもバレてしまっているのだ。

（悪足掻き……する意味あるのかな？）

もう、全てぶちまけてしまったほうがいいようにも思えてしまう。その結果、全員に無視されるような状況になってしまったとしても、それは自業自得だ。

「どうやら、唆されたみたいね」

弥生と涼介の様子を観察し、なんとなくなにが起きていたのか理解した律が、膠着状態に陥っていた中学生二人に声をかけた。

『唆すなどと、被害妄想は迷惑じゃ！』

「うるさいわね。だいたい、なんでアンタは、またここに来てるのよ。いい加減、涼介のことは諦めなさい」

呆れ返っている律は、人型だった屈強な狐達に札を貼り、どんどん本来の姿に戻していく。ウエストポーチの中から取り出した縄で前足と後ろ足を括り、手際よく捕縛していった。花嫁狐も狐の姿に戻され、猫のように首根っこを掴んでぶら下げられる。

『こら！　無礼であるぞ！』

「無礼もなにも、関係ございませんことよ。私はね、基本的に温厚でありたいの。イライラしたくないわけ。分かる？」

律は花嫁狐の長い口をガシリと掴み、犬の躾をするように自由を奪う。

「ちょっとさ、そろそろ私……本気で怒ってもいいわよね……？」

『ヒ……ッ！』

眼力に気圧され、花嫁狐が喉の奥で悲鳴を上げた。気取っていた目元には恐怖が浮かび、尻尾を股の間に挟み込む。本気で怯えていると、一目瞭然だ。

律は、やりとりを窺っていた弥生と涼介に顔を向けると、安心させるようにニコリと美しい笑みを浮かべた。

「ここは人目につくわ。早く教室に戻って、ホームルームに参加なさい。私は、ちょっと行ってくるから」

「行ってくるって、どこに？」

尋ねた涼介に、律は笑みを深める。

「あっちの世界」

言うが早いか、狐達と律の姿が瞬時に消えた。まるでマジシャンが披露した手品のように、花嫁狐達がいた痕跡は跡形もない。

中庭にそびえる樫の木の傍には、弥生と涼介だけがポツンと残された。

「涼介ー！」

「弥生ちゃーん！」

体育館に続く渡り廊下から、弥生と涼介を見つけて走ってくる雄大と佑奈の姿を捉える。

（佑奈……。私のこと、捜してくれてたの？）

逃げたい。でも、どこに？

（あぁ、なんで……こんなことになっちゃったんだろう）

唆された、という、律の発した言葉が蘇る。花嫁狐の誘いに乗らなければ、罪を重ねるような結果にはならなかったのにと、心の底から悔やまれてならない。でも、悔やんだところで、時間は巻き戻ってくれず、やり直しはきかないのだ。

弥生が、涼介の秘密を公にしてしまった。それは、書き換えようのない事実。

そんな人間だと思わなかった……と、佑奈から絶交を言い渡されても、甘んじて受け入れなければならない立場にある。

佑奈と、言葉を交わすことが怖い。今すぐにでも逃げだしたいのに、足が竦む。

駆け寄ってくる、佑奈の表情がよく見える。心配と戸惑いが入り交じり、わずかに不信感を覗かせている佑奈の顔。

弥生の体には、新たな緊張が芽生えた。

「弥生ちゃん！」

佑奈は弥生の名を呼びながら、走ってきた勢いのまま抱きついてくる。

「うわっ……と！」

足を一歩引いて衝撃を相殺し、なんとか踏みとどまった。

抱きつく佑奈の腕に込められた力は強く、簡単に引き離すことは難しそうだ。弥生は自分の両手をどうすべきか、手のやり場に困ってしまった。きっと普段なら、なにも考えずにギュッと抱き締め返していただろう。でも今日は、後ろめたさがそれをさせない。佑奈が恋心を寄せる涼介を貶めるような貼り紙を作り、踊り場の掲示スペースに貼ったのだから。

そして、この抱擁には、佑奈のどんな気持ちが込められているのだろう。知るのが怖い。

佑奈にかける言葉にさえも迷っていると、佑奈の腕の力がさらに強さを増す。肩の辺りには額が押し当てられ、グスリ……と鼻をすする音が聞こえた。

「ごめん、私……弥生ちゃんのこと、庇えなかった」

「庇う?」

佑奈から発せられた意外な言葉に、弥生は少し混乱する。

「そう、私も……みんなと一緒に、なんで? って不審に思いながら、弥生ちゃんと柳楽君のやりとりを遠巻きに見てることしかできなかった」

佑奈は、ごめん……と繰り返し、微かに肩を震わせた。弥生はとっさに、佑奈を力の限り抱き締め返す。今度は、躊躇いなどない。本能的に、佑奈を抱き締めずにはいられなかった。

「なんで、佑奈が謝るの? そんな、そん……ッ!」

喉の奥が詰まり、言葉が出てこない。

なんであんなことをしたのかと、責められるものだとばかり思っていたのに。まさか、謝罪を受けるだなんて。

「弥生ちゃんと柳楽君が教室を出ていったあと、野口君がザワつくクラスのみんなにビシッと言い返してて……。柳楽君と野口君は親友で、私も……弥生ちゃんと親友だって思ってたのに、俯くことしかできなかった。そんな自分が、悔しくて情けない！」

うっ……と嗚咽を漏らす佑奈の背中を摩り（さすり）ながら、弥生ももらい泣きをしそうになるのをグッと堪える。弥生には、泣く資格も権利もない。いっそのこと罵倒してくれたら、どれだけ気持ちが楽だっただろう。

「……私がしたこと、怒んないの？」

掠れる声で尋ねると、佑奈は弥生に顔を向けた。泣いて目が赤くなっている。あとから腫れてしまわないかと、少し心配になった。

「なにか、理由があったんでしょ？　だって弥生ちゃんは本来、卑怯なことはしない人だもん。常に人のことを考えてくれて、真摯に向き合ってくれる。いつも、私のことも気にかけてくれるじゃない？　そんな弥生ちゃんが、嫌がらせとか……そんなこと、自分から進んでするはずがないもの」

「それは、買いかぶりすぎよ～」

佑奈からの信頼が厚くて嬉しいのに、後ろめたさが重くのしかかる。弥生は、佑奈が思うような……できた人間じゃない。自分の目的のためには、どんな手段も選ばないところだってあるのだから。

でも、佑奈の前では、綺麗なままの自分でいたい。

「……ごめんね。ありがとう」

弥生は多くを語らず、ポツリと小さな声で謝罪と感謝を口にする。

こんな自分が佑奈の隣にいて、親友と呼んでもらっていいのか……。葛藤を抱きながらも、弥生は佑奈の傍を離れることができなかった。


女子二人の抱擁を横目に、涼介はラピスラズリの数珠を左手に装着し直した。弥生に奪われた時は焦ったけれど、無事に取り返すことができてホッと胸を撫で下ろす。隣にヒョコヒョコやってきた雄大に顔を向けると、涼介の親友は「よっ！」と控えめに右手を掲げた。

「梶間さんと、なにか話せた？」

「いや、なにも……語りたくない理由があるみたいで」

花嫁狐と弥生の関係はさて置き、実行に移した動機は未だに語られていない。このまま話を聞く機会を逃したら、秘密をバラされた当事者なのに、怒りの持って行き場をなくしてしまいそうだ。

「それより、なに？　なんか、むず痒くなるようなこと言ったの？」

佑奈が言っていた、クラスのみんなにビシッと言い返したという内容が、とてつもなく気になる。雄大は「ハハハ」と乾いた笑い声をあげると、明後日の方向を見た。

「そんなの……ねぇ、恥ずかしいっしょ？　涼介は知らなくていいんだよ」

「なんでだよ。隠されたら余計に知りたくなるんだけど」

「いーの、いーの。涼介ボッチにしたら許さないからな的なことを言っただけだから、別段これと言って大したことじゃないからさ」

明るい口調で、あっけらかんとした雰囲気のまま、何事もないように言っているけれど……それは、涼介にとって、このうえなく嬉しい言葉だった。

幼かった頃の自分に聞かせてやりたい。志生のほかにも、涼介のことを気にかけてくれる人間が現れるぞ、と。

涼介は顔に手を当て、ニヤける口元を隠す。嬉しさと気恥ずかしさが混在して、どんな表情を浮かべたらいいのか困ってしまう。

「ん？　どした？」

黙ってしまった涼介を不思議に思い、雄大が顔を覗き込んでくる。「なんでもないよ」と近寄ってきた親友を押しのけ、涼介は熱くなった顔をパタパタと扇いだ。

それにしても……と、雄大は弥生に険しい眼差しを向ける。

「梶間さんにも事情があるだろうけど、それでも俺は、涼介の秘密をバラしたことが許せない」

だってさぁ！　と、雄大は鼻息を荒くし、拳を握り締めた。

「人様の秘密を勝手に暴露するのは、褒められることじゃない」

雄大の憤りはもっともだ。肯定こそすれ、窘(たしな)めたり否定することはできない。

貼り紙が貼られてから雄大が破るまで、どれだけの人数の目に触れたのか。さらにそこから、何十人に噂として伝わってしまったのか。考えただけでゾッとする。

貼り紙があった踊り場から、教室に向かうまでの数十メートルの間に擦れ違った面々の表情や仕草が、スライドショーのようにパッパと脳裏に蘇ってきた。またもや胃が、キュッと縮こまる。ストレスで穴が開くような事態は、是が非でも回避したい。

涼介は胃の辺りに手を置き、深い溜め息と共に弱音を漏らした。

「あの貼り紙……実は嘘でした、とかできないかな？」

涼介の呟きに、あ……っ、という雄大のバツが悪そうな声が続く。

「悪ぃ……俺、クラスみんなの前で、涼介に霊感あるって認めちゃった！」

テヘリ！　と、雄大は後頭部に手を置きながら、茶目っ気たっぷりな笑顔を浮かべる。おまけに舌をペロッと出したが、可愛くもなんともない。涼介は言葉もなく、盛大な脱力感に襲われた。時間差で、フツフツと怒りが込み上げてくる。

雄大の首に腕を回し、思いきり締め上げた。グヘッと潰れた声が聞こえたけれど、涼介は無視を決め込む。さらにググググと力を込め、遠慮なく感情をぶちまけた。

「うぉおおいぃッ！　なんてことしてくれんだよ」

「だぁから、ごめんってー！　だって俺、許せなかったんだよ。憶測で、面白可笑しく適当なこと噂されんの」

涼介の肩を叩き、雄大は必死にギブアップを伝えてくる。仕方がないから解放してやると、雄大は大袈裟に首を摩った。

「あ〜死ぬかと思ったぁ」

「死んでも姿が見えるんだから、普通に会話してやるよ」

「いやいや、そこは普通って言うとアレだけど、犯罪者になんかなりたくねぇみたいな返しを言う場面じゃね？」

テンポよく言い合い、互いに顔を見合わせてプッと吹き出す。どちらからともなく、声を立てて笑い合った。

雄大が涼介の背中をバシンッと叩く。

「だぁいじょーぶだって！　涼介の親友は俺なんだ。冷やかす奴が出てきたら、一緒に立ち向かってやるよ」

「ふっ、そりゃ心強いや」

雄大の存在が、こんなにも心強いと思える日が来るだなんて。そんな親友に出会えた奇跡に、感謝の念を覚える。

数メートル離れた先には、互いに抱き合って涙を流す女子二人。

弥生のしたことは、なにか理由があるにせよ、やはり許せない。一緒に部活を頑張ってきた仲だけれど、一度失墜してしまった信頼は、容易く取り戻せはしないのだ。

けれど、そんな弥生を大事に想っている佑奈がいる。佑奈の悩みに、真剣に向き合っている弥生の姿も、涼介は知っていた。だけど、清濁併せ呑むほどの器は、まだ涼介に備わっていない。きっと志生ならば、そんなこともあるよ、なんて軽く受け止める程度で終わっているかもしれないけれど……涼介には無理だ。気にしないようにしようとしても、腹の中に蟠り（わだかま）が残ってしまう。

でも、大事に想っている親友を否定されることは、涼介だって嫌だ。

（梶間さんのことは、様子見かな……）

いつかは、花嫁狐の言いなりになった理由を教えてくれる日がくるかもしれない。

それまでは、今までどおりではなく、一定の線引きをして弥生と接することにしよう。そういう人間関係の在り方も、円満な社会生活を送っていくうえで、必要なスキルだと思うから。

（そう考えると……なんか、ちょっと大人になった気分かも）

害を与えた人を許すという行為は、なかなかに難しいものらしい。現に涼介も、幼い頃にイジメてきた連中のことは、未だに許せていないし、会いたくもない。除け者にされて悪口を言われたという行為はトラウマとなり、心の中に今でも疵となって残っている。それでも涼介が笑って暮らせているのは、志生や律、雄大のお陰だ。

人の噂も七十五日ということだし、きっと騒がれるのも今のうち。一学期の中間テストが始まる頃には、きっと収まっているはずだ。

ジィ……と、スピーカーが小さな唸りを上げる。そしてすぐさま、一限目の開始を知らせるチャイムが鳴り響いた。

一限目はなんの教科だったか、すぐに思い出せない。新しくなったばかりの時間割は、まだ体に染み込んでいなかった。それに、いつまでも、中庭にいるわけにもいかない。

（あっちは、気が済むまで好きにさせとくことにしよう）

涙ながらに語り合っている弥生と佑奈を一瞥し、涼介は雄大を誘って、樫の木の傍から急ぎ立ち去ることにした。

弥生の長かった学校生活の一日が、やっと終わりを目前にするところまでやってきた。あと残るは、部活動のみ。

今日の授業は、クラスメイトから注がれる針の筵のような視線の中で、なんとかやり終えた。明日も同じような一日かと思うと、かなり気が重い。けれど、身から出た錆。自業自得だから、仕方がない。ぎこちないながらも、涼介が普段どおりに接してくれたことが唯一の救いだろうか。

部長である涼介と、いつも一緒に行動をしている佑奈に「今日は遅れて行く」と伝え、相談室に足を運んでいた。ドアノブに手をかけるけれど、中に入る勇気が出ずに、行ったり来たりを繰り返している。窓に映り込む、ウロウロしている自分の姿は、不審者以外の何者でもない。

（やっぱり、やめておこうかな……）

ドアにかかるプレートは相談中ではなく、在室中となっている。中に律がいることは明白だけれど、どんな顔をして会えばいいのか分からないでいた。

ただ、助けてもらった感謝を伝えたいだけなのに……足が重たい。

昨日の保健室でも、律は養護教諭に言葉少なく何事かを伝えると、弥生には声をかけもせず、そのまますぐに立ち去ってしまった。職員室でのファーストコンタクトが悪印象で、さらには狐に取り憑かれてしまうような人間だったから、嫌悪されているのだろうか。なんとも気まずい。

「いつまで、そこにいるつもり?」

「ひゃ！」

ドアが開くと同時に、モデルのような佇まいをしている律が、呆れた様子で話しかけてくる。気配に全く気づけず、口から心臓が飛び出るくらい驚いた。

律は微笑を浮かべ、半身を引くと、弥生に手を差し伸べる。

「ようこそ。相談室へ」

キョトンとする弥生に、律は笑みを深めた。

「来ないって宣言されていたから、来てくれないと思っていたの。勇気を出してくれて、嬉しいわ」

そうだった。絶対に相談室へは行かないという気持ちでいたのに、理由はなんであれ、自分から足を向けている。でも、今日ここへ来たのは相談じゃない。お礼を言いに来ただけだ。だから、今この場所でお礼だけを告げ、早急に立ち去ってしまえばいい。

口を開こうとした瞬間、律は流れるように優雅な動作で弥生の手を取り、クィッと相談室の中へと引っ張り込む。

「じゃ、どーぞ。遠慮なくね」

気づけばドアは閉められ、弥生は相談室の中に囚われていた。

もう、逃げることができない。律に握られている手が、ジワジワと汗ばんでくる。

導かれるままに足は動き、三人掛けのソファの真ん中に座らされた。観念し、おとなしく背負っていたカバンを横に置く。相談室の中に入るのは初めてで、内装が物珍しく、キョロキョロと室内を見回した。

相談室の中は保健室と違い、どこか薄暗い印象を受ける。落ち着いた雰囲気と言えば聞こえがいいけれど、カーテンで遮られた窓からの自然光のみで、室内の照明を点けていないのが原因だ。室内には、心を落ち着かせるような香りが微かに漂い、鼻をくすぐる。アロマとは違う、少し煙の匂いも混ざったような、ほんの少しスパイシーさが混ざる甘い香り。和製の香かなと思ったけれど、アロマの種類にも疎いのに、和製の香の種類も銘も知るはずがなかった。

(なんだろう……クラクラする)

匂いに酔っているのとは違う。チッチッと、壁掛け時計の秒針が時を刻む音が、やけに大きく耳につく。頭痛を堪えるように額に手を当てて俯くと、カバンにつけている懐中時計が目についた。

佑奈と二人で購入を決めた、お揃いの懐中時計。佑奈のためという名目で、弥生が自分のために選んだ代物だ。

フワフワと宙を漂っているような感覚は、カチコチに固められた理性のネジを緩めていくように、弥生の自我を鈍らせる。ソファの背もたれに体を預け、身を沈めて全身の力を抜くと、目眩が治まるまで……と理由をつけて、目蓋を閉じることにした。

視界をシャットアウトしたら、よりクラクラと上下左右の感覚が曖昧になる。四肢は重たく、重石が括りつけられたかのようだ。

よりいっそう、強くなる香り。

深く沈んでしまいそうな朦朧とする意識の中で、胸の中に秘めていた想いがトロリと溶けだした。

「好きな人がいるの」

なんの脈絡もなく発せられた言葉は、胸の中で何重にも蓋をして鍵をかけ、表に出さないようにしていた……弥生の秘めたる想いだ。

どれくらいの声量だったのか、よく分からない。クラクラする頭に、鐘のようにグワングワンと反響する耳の中。ちゃんと声になっていたのかさえも、定かではない。律の耳に届いているのか、単なる独り言になってしまったのか。けれど弥生はかまわず、微睡(まどろ)みの中にいるような夢見心地のまま、ポツリポツリと押し込めていた気持ちを吐露していく。

「ずっと一緒にいたくて、誰のものにもなってほしくないって思っちゃうくらい……大好きなの」

愛情と独占欲に胸を焦がし、好きな人を頭の中に想い描く。

いつも想い人が浮かべている、弥生に向けてくれる笑顔が大好き。可愛くて、大切で、愛しくて、全部自分だけのものにしたくなる。ほかに目を向けさせたくないのに、想い人には弥生とは違うベクトルで、好意を寄せる人間がいる。仕方がないことだと理解はしていて、諦めてはいるけれど、やっぱり許せない。独りよがりな独占欲を満たしたくて、特別に繋がっていると実感できるなにかが欲しかった。

だから、お揃いの懐中時計を持っている。これからも共に、同じ時を刻んでいきたいという、弥生の密かな願いが込められているのだと……弥生の真意を、彼女は知らない。

「嫌われたくないから……距離を置いて避けられないために、私は……好きだと伝える勇気がないの」

今の関係が、壊れてしまうのは嫌だ。胸に秘めた、恋する気持ちがバレてしまったらと想像すると、怖くて仕方がない。

誰にも相談できないから、占いや呪いなんかの、非科学的だけど効果が得られそうなものに手を出してしまう。不安な気持ちを払拭したくて言霊に頼り、独自に瞑想めいたことまでしてしまうのだ。

ソウルメイトであれば……もしくは、過去に……前世にまで遡って、なにか繋がりを掴めれば、今世での恋心に説明がつくのではと考えてもみたり。

同性の佑奈を好きにならなければ……自分が、こんなにも臆病で、弱虫で、卑怯だなんて知ることはなかった。ましてや、好きが暴走するようになるなんて……。

挙げ句の果てに、大切にしたい想い人を自らの行動で傷つけてしまった。

「匿名って、違う自分になれるよね」

仮面で顔を隠し、違った自分を演出できる。媒体をひとつ挟むことで、知っている間柄でも、他人を装うことができるのだ。

「だから私は、悪い自分が出せたの」

大好きで大切にしたい佑奈のコメント欄を荒らしたのは、弥生だ。弥生が、佑奈の悩みの種を作りだしていた張本人である。

佑奈のアカウントを見つけたのは、本当に偶然だった。親のタブレットでSNSを開いていた時、佑奈のアカウントが、オススメのアカウントとして表示されたから。ユーザー名は本名と結びつかなかったけれど、アイコンはお揃いの懐中時計だったし、投稿の内容から佑奈だと、弥生には簡単に推測することができた。

佑奈が弥生に内緒でSNSを始めていたことにはショックを受けたけれど、教えてくれなかった理由は、呟かれていく投稿を読み進めていくうちに判明していった。

次々に投稿される内容が、明るく元気な部分しか見せてくれない佑奈の、負の部分を前面に押し出したモノだったから。

クラスのみんなが知らない佑奈を知れることが優越感だったのに……病んでいる投

稿を目にしていると、次第に怒りが込み上げてくるようになっていった。

弥生がいるのに、どうして佑奈は、こんなにも一人で抱え込むのかと。なんでも話せる親友じゃなかったのかと、佑奈の中にあるであろう弥生の存在意義と存在価値が、自分の中で揺らいでしまった。佑奈が発した負の感情に引きずられ、弥生も思考がマイナスに傾いてしまったのだ。

そして、もうひとつ。マイナスの言葉の羅列が並ぶ佑奈の投稿によって、ジワリジワリと蝕まれたのは、弥生自身の自尊心。

存在意義と自尊心を守りたくて、いつの頃からか、佑奈の心を傷つけるようなコメントを残すようになっていった。意図的に心を抉る言葉を選び、文字を綴り、ムシャクシャした気持ちを発散させるべく、言の葉の剣（つるぎ）を乱暴に振るう。

繊細な佑奈の心を傷つけ、傷ついた佑奈に優しくし、自作自演で弥生に依存させるように仕向ける。そうすれば精神的にも、弥生は佑奈にとって、もっとも必要な人間になるだろうから。佑奈に依存してもらえたら、理解者は弥生だけだと思い込めば……きっと、他者に心は行かないはずだ。たとえ好きな相手がいたとしても、弥生の居場所は確保できる。弥生がいなくては生きていけないと思わせられたら、目論見は成功したと言えるだろう。

そんな黒い心根でいたから、弥生は狐に付け入られた。そういう自分勝手で自分本位な黒い心が、後ろ暗い感情が、涼介を独占したい狐を引き寄せたのだ。

狐に体を乗っ取られている時、弥生の気持ちと狐の想いに重なる部分があると気づいてしまった。想い人を自分だけのものにしたいという気持ちにも共感できたし、手に入らない悔しさや葛藤も、苦しいくらい理解できた。

なぜ、自分じゃダメなのか。どうして、望んでも手に入らないのか。

弥生の場合、伝えていないのだから、佑奈に伝わるはずもない。態度に表れないようにと細心の注意を払っているのだから、気づかれてもいないだろう。

とても大切で、大事にしたいのに……。臆病な自分の心を満たすために、自己都合で佑奈を苦しめ続けた弥生は、幻滅されるべき人間なのだ。

「こんな自分、大嫌い……」

スゥと、爽やかな風が頬を撫でる。香の匂いが流れて薄まり、クラクラとしていた目眩が消えた。

フッと意識が戻ったけれど、まだ少し頭がボーゥとする。目蓋を持ち上げると、窓辺で白衣と黒髪を風に靡かせる律の後ろ姿を眺めた。

（あれ……私、今の口に出してた？）

心中での独白だったのか、声に出して語っていたのか、判然としない。

（さっきのは、いったい……）

弥生の秘めていたい想いが暴かれてしまったような、全てさらけ出してしまった感覚。

風によって薄まった香りは、自白剤のような効果がある代物だったのだろうか。

（どうしよう……）

もし声に出していたのなら、律は弥生を軽蔑するかもしれない。緊張が走り、体中の筋肉が強ばる。コツリ……コツリと靴音を響かせ、窓辺に佇んでいた美しきスクールカウンセラーが、ソファに向かってきた。

「少し気分が悪そうだったから、窓を開けてみたんだけど……いかがかしら？」

優雅な動作で腰を下ろし、揃えた膝の上に手を重ね、慈愛に満ちた微笑を浮かべる。

「どうしたの？　まだ、気分が優れない？」

弥生を心配してくれる律の様子に、不審な点は見受けられない。なにかされたのかという警戒心は疑念へと変わり、律に対する猜疑心だけが残る。でも、弥生を騙そうと、惚（とぼ）けているようには見えない。ドス黒い弥生の胸の内を知り、律になにかメリットがあるとも思えない。

（気にしすぎかな……？）

大丈夫です……と答えつつ、とりあえず当初の目的を果たすべく、弥生はペコリと頭を下げた。

「昨日も、今日も……助けてくれて、ありがとうございました」

「さぁ、なんのことかしら？」

惚ける律に、弥生は言葉を重ねる。

「涼介君から……昨日、狐から助けてくれたのは栗原先生だって、確認取りました」

律は笑みを浮かべたままなのに、チッという、小さな舌打ちが聞こえた気がした。

涼介にとって、まずいことを言ってしまったかもしれないと、弥生は慌てて弁明する。

「あの……私、昨日は栗原先生が助けてくれてるところ……意識としてはちゃんとあったから、その……しっかり見てたんです！　それから、今日は……操られたり、乗っ取られたりしていたわけじゃないので、先生が来てくれた時も意識はちゃんと私だったんです。だから、えっと……」

言葉が続かない。だから、なんだというのだろう。弥生は全部見ていたし、涼介も肯定していたのだから、律がただのスクールカウンセラーではないということは、もうすでに明白だ。その道の人なんですよね？　と尋ねたところで、律は会話を広げようとしないだろうけど。

さっきまでの受け入れ態勢とは打って変わり、弥生と律の間には、見えない壁が形成されている。沈黙に、この空気に堪えられない。

（あぁ、もう無理！）

弥生は勢いよくソファから立ち上がり、思いきり頭を下げた。

「えっ……と、じゃ、じゃあ……そんな感じで！　どうも、ありがとうございました……！　失礼しますッ」

横に置いていたカバンを両腕で抱え、クルリと体を反転させると、慌ただしく相談室のドアを開けて逃げるように廊下へ出る。

お礼は言えたし、それで十分、当初の目的は果たせた。

そして閻魔大王が所有するという浄玻璃の鏡を前にした亡者のように、自分の後ろ暗い感情をまざまざと見せつけられた今は、見て見ぬフリをしていた自身の愚かさを恥じるくらいには精神的なダメージを負っている。もう、仮面を被って、ひねくれたコメントが書けるような心境ではない。

無様で、幼稚で、どうしようもない愚か者。こんな自分では、佑奈に対して抱いている好きという感情に、顔向けができない。もうやめだ。

「ねえ」と、律がドアを閉めようとする弥生に声をかけてきた。

手の動きがピタリと止まり、体中の筋肉が動きを停止させる。なにを言われるのかと、緊張が全身を支配していった。

白衣をまとったスクールカウンセラーの呪術師は、見惚れてしまうほどに美しい微笑を浮かべる。

「迷ったら……また、いつでもどうぞ」

弥生を映す律の瞳は、魂まで丸裸にするＭＲＩのようだ。

律の目が怖い。誰にも見せたくない、醜い部分を見透かされているような気持ちになってくるから。

律の視線から逃れようと目を逸らし、失礼します、と静かにドアを閉める。バタン……と、ドアを閉じる音が、やけに大きく耳についた。背中を預けるドアに沿って、ズルズルとその場に座り込み、両手で頭を抱え込む。

（あぁ……どうすれば、苦しくなくなるんだろう）

画像編集ができるアプリで不要なモノを消去していくみたいに、いらない感情を削ぎ落としてしまえたらいいのに。

俯けば、抱えているカバンが視界に収まる。廊下の照明と窓から差し込む陽光に照らされ、鈍い輝きを湛える、佑奈とお揃いの懐中時計。小さな秒針が動き、刻々と時を刻んでいる。

「時間が、巻き戻せたらいいのに……」

叶うことがない切実な願いを口にし、弥生は懐中時計をギュッと握り締めた。

九

涼介は部活を終え、志生の元を訪れていた。

いつもの和室の床の間には、葉を三枚に摘み整え、ひとつの蕾をつけた椿が、黒く小さな花器の上にちょこんと座っている。

志生はいつもどおりの着物姿で、釉薬のかかった陶器のマグカップを手にしていた。湯気が立つ中身は、お湯を注ぐだけのドリップコーヒー。砂糖もミルクも入れず、香りと酸味を楽しむ大人の味だ。

花嫁狐の顛末を語り終え、涼介もミルクとスティックシュガーを二本入れた甘いコーヒーを口にした。

コーヒーは酸味の違いを楽しむのが通である、と聞いたことがある。けれど、どうにも涼介はコーヒーの酸味が苦手だった。ミルクも砂糖もなしで、いつかはブラックのコーヒーが美味しいと思える日がくるだろうか。

コーヒーを啜った志生は、マグカップを座卓の上にコトリと置いた。眉間にシワを寄せ、おもむろに鼈甲縁のメガネを外す。メガネをマグカップの横に置き、鼻パッドが当たっていた部分をグニグニと揉みほぐした。疲労で目の奥が痛いのだろうか。

「メガネ……フレームが歪んで合わないんじゃない？」

「ネジが緩んできているのは確かだが、頭痛の種はお前だ。涼介」

「なんで俺？」

解せない涼介に、志生は心の底から呆れた眼差しを向けてくる。

「花嫁狐が言っていた匂いのことだ。なんて面倒な体質なんだろうな」

「そんなこと、俺に言われても……」

盛大な溜め息と共に、志生は前髪を掻き上げ、再びメガネを装着した。

「涼介の匂いは、おそらく……家系とは別のところに原因があるのかもしれない」

多分……と、志生は声を低くする。

「魂の匂い」

「魂？　……なんか、アイツもそんなふうに言ってたかも」

魂とは、もちろんあの魂のこと。魂魄という文字に於いて、魂は魂、魄は体と認識され、死は魂と魄が分かれることであるとも解釈されるらしい。

その魂に匂いがあるとは驚きだ。

「嗅覚の鋭い妖には、分かるらしいと聞いたことがある。昔であれば、そういう輩に好まれたり身の危険を感じた者は修験者になったりもしたらしいが……最近ではどうかな？　昔とは違い、妖が身近でなくなった者がほとんどだし。それとは分からずに生活している者のほうが多いんだろうね」

「じゃあ、やっぱり……そういうのが分かる環境にある俺が、特殊ってこと？」

「うん……そうなるね。知らない者なら、なにかしら不運に巻き込まれる頻度が高いとか、そういう認識になるんじゃないのかな。多分、妖に引っ張られても気づかないだろう。その点、涼介は視えるし、そういった事例を知ることができる環境にあるから……ねー」

改めて、客観的に自分の置かれている環境を見直してみると、特殊であることは疑いようがない。

涼介は手にしていたマグカップを座卓の上に置くと、楽観的に、歯を見せてニシシと笑った。

「じゃあ、俺……運がいいって思っておくよ」

相談できる志生に、なんだかんだ言いつつ、力になってくれる律もいる。志生と付き合いのある、律以外の、そういう分野を生業にしている人達とも顔見知りなのだから。

志生は顎を擦りながら、そうだなぁ……と呟く。

「涼介も、ある程度は、自分で退けられるようになってもいいかもしれないね」

志生の言葉に、涼介は突然、あの日の出来事を思い出す。

そういえば、まだ志生に報告をしていなかった。

「言ってなかったんだけどさ。こないだ、俺……ちょっと、それっぽいことしたよ」

「は？　なんだって？」

怪訝を前面に出す志生に、涼介は自慢げに胸を張る。

「弓道場でイタズラする妖がいたんだけど、弦音の効果かな？　群がってる時にできるモヤが、矢を放ったら散った……のか？　なんか、とにかく消し飛んだんだよ」

そう、それは佑奈の掃き矢を捜索していた日のことだ。修行もしていない涼介に、魔を祓う力はない。けれど音には、浄化の作用もあるという。

「ホントに浄化されたのか、ただ逃げてっただけなのか分かんないけど……。自分で祓うって、そんな感じだよね」

群がる虫を払うように、群がる妖を祓った。人間の自己都合だけれど、いてもらっては困る存在だから。

ふむ、と志生は顎に手を当てて考え込む。

「弦音……と、矢か。そうだな。矢には魔を祓う力があるし。相乗効果かもしれないね」

「矢にも、魔を祓う力があるの？」

「破魔矢、破魔弓と言うだろ。仮説でしかないけれど、涼介が使っている弓と矢に、妖を祓うイメージを集中させたら、できなくはないのかもしれない。だけど、自己流はなぁ……あとからなにかあってもいけないし、できれば避けたほうがいいね」

志生の心配は、もっともだ。でも、と涼介は拗ねたように唇を尖らせる。

「俺だって、自分の身くらいは自分で護れるようになりたいよ……」

律みたいに、大それたことはできなくていい。空気の淀みを柏手で祓い浄めるかのように、それくらい簡単な手法でいいから身につけたいのだ。

そういえば……と、今日初めて自分の身に起きた出来事をまたもや思い出した。あのことも、報告しておいたほうがいいだろう。

「叔父さん、あと今日さ……初めてのことがあったんだよね」

「ん？　今度はなんだい？」

「それが……。誰だか分かんないんだけど、花嫁狐が作りだした異空間に閉じ込められている時に、アドバイスしてくれた人？　が、いてさ。頭の中に、ポッて言葉が浮かぶ感じなんだけど。そのとおりにしたら、異空間をぶち壊すことに成功したんだ」

「アドバイスって、どんな？」

涼介は記憶を呼び起こそうと、ぅ～ん？　と唸りながら首を捻って眉根を寄せる。どんなアドバイスが浮かんできたのか、だいたいの内容しか思い出せない。

「具体的にイメージして、具現化させる……みたいな？　俺にとって集中するシチュエーションって言ったら、的の前に立って狙いを定めている時なんだけど。だから、花嫁狐が作りだした異空間の壁をぶち抜くイメージで、念で作り上げた矢を放つように徒手をしたんだ。そしたら、あら不思議。ホントにできちゃったってわけ」

ふむ、と志生は腕を組み、またしばし考え込む。

「助けてくれたのだから……悪いモノでは、ないんだろうなぁ」

「そうだね。嫌な感じは、全然しなかった」

悪いモノに影響される時は、体調面に影響を受けることがほとんどなのだが、あの声がアドバイスをくれた時にはなにもなかった。むしろ、力を分け与えてもらえたような気さえしていたのだ。

もし、また言葉を交わすことができるなら、お礼が言いたい。

「叔父さんは、そういうのと会話をすることはできないの？」

「できなくはないけど、消耗が激しいから……なるべくなら避けたいな。涼介自身が力をつけていけば、内面を探って、その存在を自分で見つけだすことができるかもしれないけど……」

やってみる？　と、志生が軽い感じで提案をしてきた。涼介は目をパチクリさせ、わずかに身を乗り出す。

「それって……修行をつけてくれる、ってこと？」

「うん。今回は、何気に厄介だったから。自分でできることは、やってもらえるようになったほうがいいかもしれないと思ってね」

志生の浮かべているニコリとした笑顔に、面倒事はゴメンだ、と文字が浮かんで見えるのは気のせいだろうか。巻き込まれるのが面倒なのか、修行をつけるのが面倒なのか。はたして、どちらだろう。

お手数をおかけします、と涼介は、ペコリと頭を下げておくことにした。

「じゃあ、近いうちに修行をつけていいか……。今度ちゃんと兄さんに話してみよう。一応、親の許可は必要だからね」

動機はどうあれ、自分の身くらいは自分で護れるようになりたいという意見を尊重してくれた志生に、涼介は満面の笑みを浮かべる。志生には負担をかけることになるけれど、やっと自分でなにかができるようになるかもしれないということが、この上なく嬉しかった。

「ありがとう、叔父さん！」

「なになに～。涼介も本格的にこっちの業界に来るの？」

襖を開け、黒髪のショートヘアに戻っている律が姿を現す。まるで当たり前のように、ただいまと部屋に入ってきては、後ろ手に襖を閉める。そして当然のように上座に座り、ペットボトルに入っているミルクティーを座卓の上に置いた。

「やぁ、いらっしゃい。まだ業界に入ると決まったわけではありませんよ。ひとまず、自分の身を守れるくらいの護身術を……みたいな感じです」

「まぁ、そうよね。今回は、たまたま私が近くにいたから助かったようなもんなんだから」

「はい！　このたびは、ホンットーにッありがとうございました！」

座卓に額を擦りつけるくらい、涼介は深々と頭を下げる。

気配を察知した律が駆けつけてくれなければ、今頃は花嫁狐に喰われていたか、妖の世界に強制連行され、無理やり結婚させられていたか。

「安心しなさい。この借りは、金銭以外の労働で返してもらうから」

労働には対価を。

ニコリと、晴れやかな笑みを浮かべる律の周囲から、チャリンチャリーンと小銭が落ちる効果音がしたような気がするのは気のせいではないだろう。

（どうして、こう……俺の近くにいる大人達って、一癖も二癖もある人達ばかりなんだろうな）

職業的に、仕方のないことかもしれない。

涼介のまとう空気が凍てつく中、志生のスマートフォンが着信を知らせた。

失礼、と言って、志生はディスプレイを確認する。

「ん？　義姉さんからだ」

志生の言う義姉は、涼介の母親だ。涼介はハッとし、あ〜ッ！　と大袈裟に頭を抱えた。

「今日は叔父さんのところに寄るって、伝えずに来てた」

学校がある日に志生のところへ寄って帰る時は、だいたい朝ご飯を食べている時に伝えている。しかし今日は花嫁狐のことを早く報告したくて、学校から志生のところにまで直行していた。一度帰宅をしていれば、志生のところに行くとメモを残せたのに……時間を惜しんだ報いだろうか。とっくに部活は終わっているはずなのに帰ってこないと、母に心配をかけてしまった。

これは所在確認のための電話か、はたまた帰宅の催促か。

志生は通話をタップし、スマートフォンを耳に当てる。しばらく会話をし、笑顔を浮かべてペコペコと頭を下げ始めた。

対面しているわけでもないのに、電話でも顔を合わせている時と同じジェスチャーをしてしまうのは、コミュニケーションを円滑にするための習性だろうか。

「ええ、分かりました。涼介に伝えておきます。はい、どうもー」

志生は終話をタップし、通話が終了したスマートフォンのディスプレイを伏せて座卓に置く。涼介は冷めたコーヒーが残っているマグカップを両手で包み込むように握り締め、少し緊張した面持ちで志生からの言葉を待った。

「七時には帰らせるように、とさ」

柱に掛かっている時計を確認し、涼介は項垂(うなだ)れる。

「七時か――……もう、ほとんど時間がないよ」

時計の針は、午後六時を少し過ぎたところ。帰りの時間を計算したら、この場に留まれるのは、長くてもあと三十分くらいだ。こんな時は、どんな場所にでも一瞬で移動できるドアが欲しくなってしまう。

「まったく……連絡くらいしときなさいよ」

律はペットボトルのキャップを捻りながら、なにやってんだ……と呆れた眼差しを涼介に向けてくる。

「だって、俺スマホ持ってないもん。ここ、固定電話もないし。連絡手段は叔父さんのスマホだけなんだよ」

涼介がぶうたれると、志生も溜め息混じりに「そうだなぁ」と呟き、眉をひそめた。

「兄さんに、通話機能だけの携帯電話を持たせるよう、併せて交渉してみるか」

涼介の所在確認のために、義姉から連絡がくるのは、志生も少し気を使うのかもしれない。

「俺も頼んでみてはいるんだけど、まだ中学生には早いって、譲ってくんないんだもん。いい加減、ないと不便だって気づいてくれればいいのに」

「不便だってことには気づいているだろうけど……まぁ、実際トラブルに巻き込まれたりもあるしなぁ。親心としては複雑だろうよ」

「うぅ……それは、そうだけど～」

志生や両親の心配も、分からないわけじゃない。けれど、だからといって納得もしたくなかった。持っていることで、便利になることは明らかなのに。

でもＳＮＳでのトラブルは、涼介の身近でも実際に起こった出来事だ。

一度炎上してしまっては手の施しようがないから、それくらい……なんて軽視もできない。

「そういえば、涼介が言っていたＳＮＳのトラブルに巻き込まれている子は、なにか進展があったのかい？」

佑奈のことが話題に上り、涼介は今日の様子を思い出す。

涼介の霊感暴露騒動が起きたから、いつもどおりの日常というわけではなかったけれど、教室でも部活でも、佑奈はいつもどおりの雰囲気だった。思い詰めている様子もなく、気を病んでいるふうでもない。涼介も気にかかっていたから声はかけてみたものの、表面上は、いつもの佑奈だった。

「うーん……。コメント来た？　って心配で尋ねてみたけど……。昨日の夜から今朝にかけては、相手からコメントとかダイレクトメッセージとか、なにもアクションはなかったんだって」

そうか……と、志生も心配そうに視線をマグカップに落とす。

「このまま、何事もなければいいが……」

「もう大丈夫だと思うわよ」

えっ？　と、涼介と志生の視線が律に向く。

ミルクティーで喉を潤した律は、飲み零して口の端から少しだけ垂れてしまった液体を親指の腹で拭い取った。

確信を持っているような言い方が気になり、涼介は問いを重ねる。

「なんで、そんなふうに言えるの？」

「なにかきっかけがあって、自分と向き合い、見詰め直すことができたのなら……行いを恥じるくらいのことはしてるんじゃないかしら」

律のことだから、案外、犯人の目星がついているのかもしれない。むしろ、律が相手を見つけられるくらい身近な人間だったのかと、そちらのほうにドキリとする。

いったい、誰だったのか。涼介の知る人間なのか、全く縁もゆかりもない人間だったのか、気になってしまう。首を突っ込んでしまった手前、涼介だって、なにも知らされないままでは納得のしようもないではないか。解決するなら、推理小説のように、キレイさっぱりスッキリしたい。

「律さん、誰がコメント書いてたのか知ってるの？」

「……ねぇ、涼介」

「なに？」

答えを教えてもらえるのかと、気持ちが浮き足立つ。しかし律からは、冷たく鋭い視線が向けられた。

「この私が、喋ると思ってんの？」

ヤバい、と涼介の中で警鐘が鳴る。

呪術師としても、スクールカウンセラーとしても、律にとっては同じこと。依頼人について、相談者について、第三者には語らないという守秘義務が発生しているはずだ。世間話をするように、情報を漏洩させる律ではない。

仕事で必要な内容ならば、仕事相手である志生には話をするだろう。けれど……同級生で同じ部活動に所属している女子が関わっている事柄であっても、残念ながら、涼介は律が情報を開示する相手には含まれていないのだ。

「調子に乗りすぎました……すんません」

「分かればよろしい」

肩を落として素直にペコリと謝れば、律はニコリと笑みを浮かべる。美しすぎるこの笑顔は、鉄壁の鎧に等しい。

「……あ、使われた」

律が圧倒する空気の中、志生が突然サッと立ち上がる。

俊敏に動く志生がどこに向かうのかと姿を目で辿れば、座卓を回って涼介の後ろに移動し、タンッと勢いよく障子を開け放つ。縁側に足を踏み入れ、シャッとカーテンを片手で開けながらガラス窓の鍵も手早く開けると、窓を開放して井戸がある庭に出た。

柵と注連縄に囲まれている井戸からは、夜空に浮かび上がる光柱のように、真っ直ぐ伸びる青白い光。

光の柱の中に、見覚えのある姿を涼介は見つけた。

井戸から姿を現したのは、あの花嫁狐だった。

人の姿で、やはり白拍子のような衣装を身につけている。長い髪はバラけてしまわないように肩の位置でひとつに結び、大きくフサリとした尻尾と、不安そうにペタリと下を向いている狐耳。牢の中で囚われているかのように、井戸の直径と同じ幅をしている光の柱の中から出られずにいる。

「マジかよ。なんで、また……こんなところにまで」

もう花嫁狐に関しては、全て終わったものだと思いたかったのに。

「この家には結界が張ってあるからね。おいそれとは入れないから、あの井戸が出入口になる。あの井戸は、人間の世界とそれ以外の世界に繋がる扉みたいなものだと説明したね。人間ばかりではなく、妖サイドでも使おうとする輩は少なからずいるんだ。井戸を使って出てきても、結界からは出られないように術が施してある。だから僕が認めない限り、向こうからこちらには来られない」

志生は肩越しに、涼介を見遣る。

「行ってくる。涼介は、ここに残りなさい」

「分かった……」

サーッと血の気が引いて、顔面蒼白になっているであろう涼介は、素直に頷いた。

「律さん、一緒に来てもらえますか」

「いいわよ」

その言葉を待っていましたと言わんばかりに、律も勢いよく立ち上がる。志生と共に縁側の軒下に置いてあった下駄を履くと、志生を先頭にして、光柱が立つ井戸へと向かっていった。

涼介も、縁側のギリギリまで進み出て、二人と一匹の様子を観察する。

志生と律に気づき、花嫁狐は懇願するように表情を歪めた。

『お願いします。ここから出して！』

「残念ながら、出すわけにはいきません。おとなしく、このまま妖の世界にお帰りなさい」

花嫁狐と対峙した志生は、キッパリと言い返す。

普段はどこか飄々としていて、なんだかんだで律の尻に敷かれ気味の志生だが、井戸守りとして対応する姿には貫禄がある。

初めて目にする叔父の姿に、涼介は興味津々だ。

『ご安心ください。しっかりと灸をすえられ……もう、涼介様と夫婦になることは諦めました。今でも恋しく、我が物にしたい気持ちを完全に断ち切れてはおりませぬが……誓って、二度と、手は出しませぬ。今の私が会いたいのは、そちらにいらっしゃる姉様です！』

「姉様って……」

「私？」

志生の視線を受け、背後に控えていた律はキョトンと目を丸くする。

意外な人選ではあるが、用のある相手が律だと言うのなら、志生の出る幕ではないのかもしれない。

花嫁狐は律を見留めると、花が咲いたような笑みを浮かべた。

『姐様！　どうか、私を姐様に仕えさせてくださいませ』

「は？　なんでよ」

　理由が分からず不機嫌そうな律とは反対に、どことなく嬉しそうな花嫁狐。まるで好きな芸能人に出会った時の、ファンみたいな顔をしている。

『美しく、凛とした姐様のお姿。洗練されたその仕事ぶり。一人でも逞しく生きていけそうな芯の強さ。婚姻によって一族の力を強めることしか教えてこられなかった私には、眩しく憧れのような存在であると悟ったのです。私の偏った思考を……根気よく正してくれる身内はいなかった。ガッツリ怒ってくれたのは、姐様が初めてでした』

　それに……と、花嫁狐はベタリと光の柱の壁面にへばりつく。

『猪突猛進に飛び出してきたのではありませぬ。ちゃんと家族の許可は得てきました。私自身の経験不足を補うためにも、己に磨きをかけるためにも、行ってこいと背中を押してくれました！　どうか、何卒！　私を使役の末端に加えてくださいませ』

「結構よ。間に合っているわ。さっさと家に帰りなさい」

　間髪を入れず断った律に、花嫁狐はショックを隠せないようだ。悲壮感を漂わせながら、その場に崩れ落ちてしまった。

『なぜですか……こんなに、お慕いしているというのに』

「涼介の時もだったけど、アンタの愛は一方的で重いのよ」

『そんなぁ！』

花嫁狐は目に涙を溜め、よよ……と着物の袖を濡らす。

『ひどいです。悲しすぎるわ。ただ、姐様に惚れただけですのに……傍でお仕えさせていただくことさえも許されぬだなんて……。せっかく送り出してくれた家族に、顔向けができない。これはもう、路頭に迷い、朽ち果てるしかない……ぁあ！』

芝居がかってはいるが、口にしている言葉は本心なのだろう。まるで、こちらが悪いことをしているかのような錯覚に陥りそうなくらいには、花嫁狐の本気度は伝わってくる。

「思い込みが激しいのは、すぐに治るようなもんじゃないわよね……」

律はこめかみに手を当て、諦めたように頭(かぶり)を振って溜め息をつく。

「志生君、出してやって。仕方がないから、面倒見てやるわ」

「本当に、いいんですか？」

「コイツの執念深さは折り紙付き。追い返したところで、井戸を通ることなく二日と開けずに私の前に現れるに決まってる」

『さすが姐様！　よくぞ、お分かりですわね』

自分を理解してくれていたことが嬉しかったようで、泣いた烏(からす)がもう笑ったという慣用句そのままに、ハラハラと零れ落ちていた涙はどこへやら……花嫁狐はキラッキラの笑みを浮かべている。

志生も諦めたように溜め息をつき、分かりました、と承諾した。

「名で縛ります?」

「そうね。名前……なにがいいかしら?」

名前、名前……と繰り返し呟く律に、花嫁狐は鼻息荒く注文をつける。

『美しい名を希望しますわ!』

「美しいって、そんな……」

『なんか、こう……華やかな感じの名がいいですわ。古風ではなく、洒落たような』

花嫁狐は瞳を輝かせ、どんな名が付けられるのかと、胸躍らせているようだ。律がどんな名付けのセンスを持ち合わせているのか、涼介も少し楽しみになってきた。

なにか閃いたのか、律の表情が明るくなる。軽く肩を回しながら歩き、よし! と、志生の隣に並んだ。

「オッケー! いいわよ」

「はい。じゃ、いきますよ」

井戸の正面に立ち、志生は目の高さに右手を掲げる。何事か唱えながら光の柱の中に手を突っ込むと、花嫁狐の手首を掴み、こちら側に引っ張り出した。

すかさず律が、花嫁狐の額に手をかざす。

「我が御名に於いて、遥葉と名付ける。疾く仕えよ」

『承りました』

嬉しそうに答えた花嫁狐――遥葉の額が青白く輝き、光の文字が刻まれる。光の文字が額に溶け込むように消えていくと、遥葉の全身を淡い桃色の光が包み込んだ。

地面に片膝を突いて座り、律に対して恭しく頭を垂れる。律は腕を組み、遥葉を見下ろした。

「こき使うから、覚悟なさい」

『嬉しい限りでございます』

遥葉はニコリと笑み、なんとも嬉しそうである。

「涼介ー！　もう大丈夫よ。こっちに来なさ～い」

律に呼ばれ、置いてあった残り一足の下駄に足を通し、涼介も庭に下り立つ。遥葉を警戒しながら、律と志生の元へと移動した。

「もう大丈夫って言ったじゃない。なに警戒心丸出しにしてんのよ」

「や、だって……」

なおも警戒を緩めようとしない涼介に、志生は苦笑を浮かべる。

「律さんが名で縛ったから、もう大丈夫なんだよ。もし万が一、遥葉が涼介に襲いかかるようなことが起きても、律さんのひと声で止められるんだから」

「そうなの？」

「律さんに使役されるということは、主従関係が生まれたということ。遥葉は、基本的に律さんには逆らえない」

志生の説明に、そういうことじゃ、と遥葉も頷く。

「って、ことは……」

やっと涼介は、自分の身の安全が約束されたことに気がつく。もう、遥葉からのストーカー被害に怯えなくてすむのだ。

「嘘じゃないよね！　やった、マジで嬉しい！」

これで、悩みの種がひとつ消えた。

たったそれだけのことで、心が少し軽くなる。

(ひとつ問題が解決するだけで、こんなに心って楽になるんだな……)

肩に乗っていた重石を取り除いてもらえたかのような、晴々として清々しい解放感。

(小野柄さんも、早く悩みの種から解放されればいいのに)

他人事ながら、そう願わずにはいられない涼介だった。

十

律に名をつけられ、言霊の契約によって縛られた遥葉は、その束縛を心地よく感じていた。

誰かに決められたのではなく、自分の意思で欲したしがらみ。

縁談も白紙にして、親子の時間をもう一度と父親から持ちかけられたけれど……遥葉は、律の強さに憧れてしまった。孤高で、凛として気高く、己の芯を確立している女性。それが、冷静になった遥葉が、律に対して抱いた感想だ。

真正面から遥葉に言葉をぶつけ、考えを正そうとしてくれた女性も、律が初めてだった。

母や屋敷の女性達は、ただ優しく、遥葉の振る舞い全てを許容してくれるだけ。いい子でいようと努力をしていたのだから、遥葉自身も突拍子のない行いをするわけでもなく、いい意味で穏やかに過ぎていくだけの日々だった。

今が、一番充実している。

遥葉は中学校の中庭にそびえ立つ樫の木の枝に腰掛け、体育館と校舎を繋げる渡り廊下を見下ろしていた。さまざまなユニフォームに身を包み、新入生を獲得するために、カッコイイところを見せようとソワソワしている二年生と三年生達。

その一団の中に、かつて愛しくて堪らなかった涼介の姿を見つけた。弓道着に身を包み、緊張に表情を固くしている。涼介の後ろには、同じく道着姿の梶間弥生。弥生の後ろには、制服姿の小野柄佑奈。

思春期に色恋はつきものだが、それぞれに想い人が違う、あの女子二人はどうなることか。

きっと、すぐに結末は分からない。二人が共に臆病風を吹かせ、その領域に踏み込むことを今はしないだろう。それでも、いつかは均衡が崩れ、どちらかが一歩を踏み出す日がくるかもしれない。

『はてさて、楽しみじゃ』

恋の矢印は、双方どちらを向くのやら。

自分の中で一番を定めた遥葉は、恋する乙女達の恋の行方を、高みの見物で楽しむ気満々だ。

――遥葉
『おや、姐様がお呼びじゃ』

もう少し涼介達を眺めていたかったけれど、遥葉は座っていた枝の上に立つ。タンッと枝を蹴り、主人の元へ急ぎ向かうことにした。

涼介は体育館に続く渡り廊下から、中庭で広く枝を広げている一本の樫の木を見上げた。

遥葉の気配を察知したような気もするが、どこにも姿が見えない。

(気のせいかな)

遥葉が律に使役されるようになってから、三日が経過している。その間、涼介の視界に遥葉が入ってもペコリと会釈をする程度で、必要以上に接触を持とうとしてこない。頬を噛まれたり舐められたりした手前、遥葉に苦手意識がないと言えば嘘になるが……無害であることに安堵し、若干拍子抜けもしている。

「あぁ、どうしよう弥生ちゃん！　私の声、緊張で震えてない？」

「大丈夫！　全然、震えてないよ。自信持って！」

部活動紹介で読む原稿を両手で握り締めるカチコチの佑奈に、いつもどおり気合十分の弥生。部活動紹介の順番は刻々と迫り、弓道部は次の次。体育館の中に畳を運び込み、的のセッティングをするのは、ここに並んでいない聡史と達哉の役目となっている。ソワソワと落ち着かない涼介は、大会直前と同じ緊張感の中にいた。

人前で矢を放つのは、大会や昇級審査で一年近くやってきたけれども、なかなか慣れない。そして今は、新入生の前でいいところを見せたいという見栄が、余計なプレッシャーになっていた。

聡史と達哉に言いくるめられてデモンストレーションをすることになったけれど、二人が熱弁してみせたほどに入部希望者や見学希望者が集まらなければ、ただ拙い弓の腕前を新入生達の前で晒すだけになってしまう。

当たるも八卦当たらぬも八卦、ではないけれど、虚しいかな……可能な限り練習しても、涼介の的中率は格段に上がらなかった。

（あぁ、胃が痛くなってきた）

右手には諜を着けて二本の矢を握り、左手に弓を持っていた涼介は、少しだけ背中を丸めてキリキリとした痛みが引くのを待つ。これだけ緊張に弱ければ、本番でも的には当たらないだろう。メンタルの弱さに落ち込んでいると、あ！　そうだ……と、遠慮気味に佑奈が話しかけてきた。

「こんな時だけど、お喋りしていい？」

こんな時だけど、と前置きするということは、今この場で話題にするにはいささか場違いである内容なのだろう。

むしろ、こんな時だからこそ、気を紛らわす話題が今の涼介には必要なのかもしれない。

涼介が目配せすると、弥生は頷く。いいよ、と佑奈に先を促した。

弥生は、相談室で自分を俯瞰してから、佑奈に対して一歩引いてしまっている。好きだという気持ちは変わらない。だけど、好き同士になれる努力をすることよりも、依存させようなどと姑息な考えで接していた自分が恥ずかしく、前みたいに接することができないでいる。

最近の佑奈は、無理がなくなったように思う。心配させないようにと元気を装っていた時よりも、今のほうが、何倍も素敵な笑顔を浮かべるようになった。

そんな佑奈を見ていると、心の健康と体の健康は、リンクしているのだなと実感する。病は気からという言葉も、あながち間違いではないのかもしれない。

涼介から視線が送られ、弥生が「いいよ」と答えたけれど、少しだけ後悔している。部活動紹介が終わってから、ゆっくり話を聞くよ。そんなふうに返事もできた。だけどそうしなかったのは、佑奈が涼介の緊張を和らげようとしているのだと察したからだ。

佑奈は涼介のことが好きだと、当然、弥生は気づいている。一緒に部活を通して活動していると、涼介の考え方や人柄にも触れるから、顔だけの男ではないということは理解している。だから、好きになっても仕方がない、と同調する気持ちが三割くらい。弥生は佑奈のことが好きだから、佑奈の恋心も応援したいけれど、恋のライバルが多いのだから、涼介なんかやめておけばいいのに……という気持ちが七割くらいだ。

　矛盾だらけでモヤモヤしてしまう気持ちを吐き出すことは、今まで、顔を明かさないアカウントに委ねてきた。けれど、それをやめたから、今は少しだけ自分を許せそうな気になっている。

　弥生の葛藤を知らない佑奈が、あのね……と、内緒話をするように頭を寄せて声をひそめた。

「最近ね、嫌味なコメントがなくなったの」

「え！　ホントに？」

　目論見どおりに驚いてくれた涼介に、佑奈は嬉しそうな笑みを浮かべている。

「ホントだよ！　これも、柳楽君のお陰」

「お陰って、そんな……俺は、特になにもしてないし……。あぁ、でも、ホントによかった」

　謙遜しつつも安堵している涼介に、佑奈はフルフルと頭を横に振った。

「特になにもしてないなんて、とんでもない。私ね、柳楽君が教えてくれた言霊を……言葉の力を信じて、実践してみたの。嫌なコメントが来なくなった！　って、言い続けてたんだ。そしたら、書かれなくなったんだよ。これって、すごくない？　効果抜群！」

心の底から嬉しそうな佑奈に、涼介の口元が自然と緩む。気にかけていた事柄が終息に向かって、ホッとしているのだろう。涼介が浮かべている柔らかな笑みは、なかなか見られる表情ではない。

（涼介君も、佑奈のことを特別に思っているのかな……）

もし、そうなら……二人の仲を祝福して、応援しなければならないだろう。

胸の奥がチクリと痛み、苦しくなってくる。息が詰まりそうだ。グッと唇を引き結び、ピクピクと動いてしまう唇の動きを止めようと躍起になる。

（ヤバい、泣きそう……）

精神的に佑奈を依存させようと、姑息に、嫌な気持ちになるコメントを書いたりしなければ、違う今があっただろうか。でも、もうなかったことにはできない。佑奈は犯人を知らなくても、天知る地知る己知るで、弥生自身が知っているのだから。

視線を感じ、うっすらと涙が浮かぶ目をそちらに向ける。怪訝な表情を浮かべて弥生を見ている涼介と視線がぶつかった。涼介は、バツが悪そうに視線を逸らす。見て見ぬフリをしてくれたことに感謝した。

佑奈は蝶を着けて矢を握っている弥生の右手を取り、両手でギュッと握り締める。苦しかった胸の奥が熱を帯び、不意に訪れた喜びと嬉しさから、心拍数が上昇した。

ニコリと浮かべられている佑奈の笑顔が、とても愛しい。まるで、真夏に咲くヒマワリみたいだ。こんな素敵な笑顔を浮かべる佑奈の、親友という立ち位置は確保できているると信じたい。

「弥生ちゃんも、心配してくれて、ありがとうね！」

「お礼なんて、そんな……必要ないよ」

諸悪の根源は、弥生なのだから。

泣きそうになるのを必死にごまかし、笑顔で取り繕う。そして「ごめんね」と、小さな声で謝罪を口にした。

「なんで弥生ちゃんが謝るの？　とても嬉しかったよ。あの時、もうだいぶ病んでたから、気持ちの落ち込みも激しかったんだよね。親身になって……励ましてくれたこと、とても感謝してるんだよ」

佑奈の素直で純粋な気持ちが、罪悪感に突き刺さっていく。それはまるで、矢のように。弥生は自分が、安土に設置された的になったような気分だ。

そして良心が、今がタイミングだと弥生に告げる。

「涼介君も、ごめんね……」

伝えられなかった謝罪の言葉を、やっと口にすることができた。謝ってすまされることではないけれど、涼介の優しさに甘えて、なあなあにすませるわけにはいかない。後悔と自責の念が混ざり合い、堪えきれなくなった涙がポロポロと零れ落ちる。

「わっ、弥生ちゃん？　ハンカチ……より、ティッシュ……あった！」

　急に泣きだした弥生を落ち着かせようと背中を摩りながら、佑奈は制服のポケットから取り出したポケットティッシュで、弥生の涙を拭ってくれた。

「梶間さん……」

　抑揚のない声で、涼介に名を呼ばれる。視線だけを向けると、どことなく不機嫌そうな表情を浮かべていた。

（やっぱり、まだ怒ってるよね。私が、涼介君の秘密を暴露しちゃったんだから……）

　でも、謝罪を告げられたから、弥生はそれで満足だ。これからも気まずい日々が続くだろうけど、それだけのことをしてしまったのだから、仕方がない。

「許せないけど、許してあげるよ。ちゃんと、謝ってくれたし……」

　弥生は、自分の耳を疑った。予想に反して、涼介が許しを与えてくれたから。

「……いいの？」

「いいよ。俺だって、いつまでも気まずいの嫌だから。ひと区切りだよ」

　またもや、涙が溢れ出てくる。涙する弥生に、しょうがないなぁ、と涼介は苦笑を浮かべた。

「ツぅ、ありがとぉ～」

間もなく本番がやってくるから、早く泣きやまないといけないのに、涙は止まってくれる気配がない。最悪なことに、嗚咽まで混じり始めてしまった。

佑奈から手渡されたポケットティッシュで鼻をかみながら、コクリと頷く。

「弥生ちゃん、大丈夫？」

「すぐ、あとちょっとで、泣きやむから……もう少しだけ、待ってて」

許してくれて、ありがとう。また笑ってくれて、ありがとう。

やってしまったことは、取り返しがつかない。もっとひどい内容を書き込んでいたら、佑奈は自らの手で、命を絶ってしまっていた可能性だってある。涼介だって、不登校になってしまっていたかもしれない。

ネットもリアルも、人対人。

インターネット上で、互いに顔は見えなくても、そこには自分と同じ……人間が存在しているということを忘れないようにしなければ。どれだけ正しい正義の正論でも、言葉の選択を間違えれば、相手の心に傷を負わせてしまうことになる。

言葉に魂が宿るなら、きっと文字にも、魂は宿るのだ。

言霊は、人を害して傷つけるのではなく、幸福感を高めるために使わなければ、不幸をまき散らす呪詛となってしまうだろう。

佑奈の心に言の葉の剣で傷を負わせてしまったことは、今後の人生に於いて、忘れてはならない……誰にも語ることができない、弥生の負い目だ。

突然ポロポロと涙を零した弥生に、佑奈はオロオロすることしかできなかった。

泣くほどに佑奈のことを心配してくれていたのかと、弥生の優しさが心に沁みる。

（やっぱり、弥生ちゃんは私にとって、一番の親友だよ）

貼り紙の騒動があった時には、すぐに弥生のことを庇うことができずに自己嫌悪してしまったけれど……樫の木の下で涙しながら語り合ってから、二人の絆は強くなったような気がする。雨降って地固まる、ではないけれど、あの出来事が弥生と佑奈の友情をより強固にしてくれたように思う。佑奈は「えへへ」と、はにかんだ笑みを浮かべ、泣きやまなければと躍起になっている大事な親友をギュッと抱き締めた。

「涙が止まらなかったら、順番をあとに回してもらったらいいんだよ。無理して泣きやまないで、全部出しきっちゃお」

ね？　と涼介にも同意を求める。

「そうだね。どうにもならなかったら、そうしよう」

「うう……ごめんね。ホントに、ありがとう」

腕の中に弥生の温もりを感じながら、佑奈も胸の内をポツリポツリと語りだす。

「私、弥生ちゃんと友達……親友でよかったって、思ってるよ。もう、心からの友達。

弥生ちゃんは私の心友（しんゆう）だよ」

「心友だなんて、そんな……」

　謙遜する弥生をさらにギュ～ッと抱き締め、佑奈は涼介に顔を向ける。

「柳楽君も……言霊のこと教えてくれて、ありがとう」

　ニッと歯を見せて笑えば、涼介はフイッと顔を背けてしまった。

「俺は、別に……。ただ、自論を展開しただけだから」

「その自論のお陰で、私は今回、助けてもらったんだよ」

　涼介から言霊という思想を教えてもらわなければ、沈みきってしまっていた気持ちを立て直すことは難しかったのだから。

　そして、ありがとう、という気持ち以外に、もうひとつ……二人に対して膨れ上がっていく気持ちがある。重く受け止められないように、サラッと軽く受け入れてもらえるようにと願いながら、その言葉を口にした。

「二人とも……大好き、だよ。ありがとう」

　心友である弥生と、恋心を抱く涼介の、二人に向けた感謝と親愛の気持ち。なるべく自然に、犬や猫を好きだと告げる時と同じになるようにと意識してみたけど、どうだろう。ちゃんと伝わっていればいいのだけれど、と少し不安になる。もうあとは、大好き、という言霊の作用に期待するしかなさそうだ。

緊張と高揚する気分で、頬が熱い。きっと佑奈の顔は、タコのように赤くなっているだろう。

弥生の顔を窺えば、涙は引っ込み、佑奈と同じく茹でダコみたいに赤くなっている。黒い双眸(そうぼう)に優しい眼差しを宿した涼介は、写真に撮って残しておきたいと思うくらいかっこよくて、慈愛に満ちた微笑を浮かべていた。

不快感を抱かない、大好き、という言葉を……涼介は久しぶりに聞いた気がする。打算のない、心からの《大好き》は、なんて心地よいのだろう。佑奈から発せられた《大好き》という言葉は、涼介には感謝の想いとして伝わっていた。

心に温かさをもたらしてくれる言霊は、心地がいいものだと実感する。ならば、不安と緊張が押し寄せて仕方がない今も、気持ちを高ぶらせる言霊の力を借りることにしよう。

涼介は、顔を赤くしたまま笑い合っている弥生と佑奈に「ねぇ」と声をかけた。

「部活動紹介が始まる直前の今ここで、言霊の力に頼ってみない？」

「今、ここで……？」

キョトンとする弥生とは対照的に、言霊に絶大の信頼を寄せている佑奈は、いいね！　と両手でグッと拳を握る。弥生を元気づけるように、チアガールも顔負けな笑顔を浮かべて拳を突き上げると、明るい調子で言霊を発した。

「部活動紹介のデモンストレーションは、上手くいった！　だよね？」

どう？　と確認を取る佑奈に、そうそう、と涼介は頷く。

イメージどおりの言葉をくれた佑奈は、もう言霊マイスターなのかもしれない。

「ふふっ、そうだね。部活動紹介は、上手くいった！　落ち着いて、いつもどおり皆中させよう！」

弥生も涙が止まり、いつもの笑顔とやる気を取り戻したみたいだ。キリリとした気合いの入った表情で羽根を噛み合わせ、バラけていた二本の矢を整えている。

涼介は佑奈が発した言霊のとおり、成功したイメージを頭の中に思い浮かべた。

より鮮明に、よりリアルに。

頭の中で、タンッと、的に矢が当たった時の心地よい音がする。

——では、続いて弓道部のみなさん、お願いします。

体育館の中から聞こえてきた、入場を促すアナウンス。

「よし。じゃ、行こうか」

「うん！」

涼介と弥生は立てていた弓を倒して執り弓の姿勢になり、佑奈は紹介文が書いてある原稿を持つ指先に力を籠める。

（さぁ、いよいよ出番だ……！）

背筋を伸ばし、呼吸を意識して、ゆったりと。

涼介を先頭に、弥生と佑奈も、新入生が待つ体育館の中へと足を踏み入れた。

《終》

文芸社文庫NEO

言ノ葉のツルギ

二〇二三年三月十五日　初版第一刷発行

著　者　佐木呉羽
発行者　瓜谷綱延
発行所　株式会社　文芸社
〒一六〇－〇〇二二
東京都新宿区新宿一－一〇－一
電話　〇三－五三六九－三〇六〇（代表）
〇三－五三六九－二二九九（販売）

印刷所　株式会社暁印刷

ISBN978-4-286-30111-2